Susie Morgenstern

La sixième

Neuf
l'école des loisirs
11, rue de Sèvres, Paris 6e

Du même auteur à *l'école des loisirs*

Collection NEUF

Alibi
C'est pas juste !
Lettres d'amour de 0 à 10
Le vampire du CDI
Privée de bonbecs
Les deux moitiés de l'amitié
Le club des crottes
Mademoiselle Météo
Mon royaume est un cheval
(recueil de nouvelles collectif)

© 1984, l'école des loisirs, Paris, pour l'édition française
Loi n° 49.956 du 16 juillet 1949 sur les publications
destinées à la jeunesse : septembre 1984
Dépôt légal : juin 2018
Imprimé en France par CPI Firmin Didot
à Mesnil-sur-l'Estrée (147743)

ISBN 978-2-211-03503-3

Pour ma fille Mayah, qui me raconte si bien sa vie

1

Margot avait lu la lettre au moins soixante-dix fois. La feuille de papier commençait à se déchirer telle- ment elle la pliait et la dépliait. Elle la savait par cœur bien que l'enveloppe fût adressée à M. et Mme Melo. À chaque heure, comme le coucou, Margot sortait cette lettre officielle, la caressait presque, et relisait :

Monsieur, Madame,
Votre enfant figure sur la liste des élèves admis en sixième au collège du Parc des Grands Pins, avec comme première langue vivante anglais.

– C'est comme si tu étais l'unique élève de sixième au monde ! lui reprocha Anne, la sœur aînée de Margot.

Pour Margot ce document était une déclaration d'indépendance et un traité de paix. Après tant de doutes, tant de reproches et de menaces de ses maîtres à l'école primaire, elle était admise en sixième.

Son soulagement contribuait à sa joie. Cette der- nière année, elle avait vécu dans la peur noire de redoubler bien qu'elle eût toujours été bonne élève. En CM2 le maître n'arrêtait pas de les menacer :

— Si vous ne vous réveillez pas, vous n'irez pas en sixième !

« Sans doute, pensait Margot, il nous effrayait pour nous secouer un peu. Et il a bien fait puisque ça a marché. » La lettre en témoignait.

— N'importe quel imbécile entre en sixième ! contredisait sa sœur.

L'attention des parents est attirée sur le fait que les bons élèves se destinant à l'étude des langues ont intérêt à commencer en sixième l'apprentissage des langues « difficiles » (allemand ou russe) dans les sections qui restent, pour l'instant, à effectif limité.

Margot aurait aimé barrer cette partie. Ça l'embêtait qu'on relègue l'anglais en langue facile pour les lâches et les crétins qui n'avaient pas le courage d'affronter les dragons allemands ou russes. Pour sa part, elle avait envie de comprendre enfin les chansons d'Elvis, des Beatles et du rock américain. Sa mère, qui rêvait que sa fille devienne une femme de science, l'encouragea à étudier l'anglais :

— Il faut pouvoir le lire pour comprendre l'informatique, la technique, la science.

Son père se contentait de hocher la tête et de hausser les épaules en murmurant :

— Bien sûr ! Fastoche, Shakespeare !

— Tu devrais faire allemand si tu veux être dans une bonne classe, recommanda Anne. Ou russe.

Mais Margot n'aimait pas le son de l'allemand et elle ne connaissait pas de Russes. Elle aurait volontiers choisi l'italien en première langue mais on ne le proposait pas au collège du Parc des Grands Pins. Apprendre une nouvelle langue lui paraissait d'une difficulté insurmontable. Ça lui donnait une inquiétude de plus dans une vie qui en était déjà pleine.

Il vous est demandé (Margot se disait que l'écriture soulignée était sûrement une forme de politesse) :

1° d'adresser, dès que possible, à l'adresse ci-dessus, la photocopie des certificats de vaccination.

C'était une demande apparemment facile à réaliser, mais, dans la famille Melo, ça n'allait pas sans drame. Margot avait vu les carnets de vaccination de ses copines lors des visites médicales à l'école mais elle ne s'était jamais demandée pourquoi elle n'en avait pas un pareil, propre et ordonné. En fait, elle s'était aperçue que sa mère avait un comportement bizarre à chaque fois qu'elle lui demandait ses certificats de vaccination.

— Oui, tout de suite, ne t'en fais pas. Je vais les trouver. Je m'en occupe !

Ensuite Mme Melo ouvrait tous les tiroirs et jetait

les culottes et les soutiens-gorge par terre, les chaussettes et les collants sur le lit, les chemises de nuit sur la chaise et les pulls n'importe où, jusqu'à ce qu'elle mette la main sur une enveloppe effritée qui contenait finalement les certificats recherchés. Depuis la naissance de sa fille, Mme Melo s'était promise de se procurer un vrai carnet de vaccination mais entre une chose ou une autre, ou mille autres, elle ne l'avait jamais fait.

En onze ans, elle n'en avait simplement pas eu le temps et maintenant elle était confrontée à un pénible besoin officiel. «Je ferai des photocopies», décida-t-elle en calculant qu'entre la coqueluche et la polio, le tétanos et la diphtérie, elle devait faire treize photocopies.

Il faut avouer que la maman de Margot n'était pas un modèle d'organisation. Elle perdait des documents importants et oubliait des rendez-vous. Le pire pour Margot c'était la façon dont sa mère faisait semblant d'écouter sans entendre. Souvent Margot se voyait obligée de répéter une histoire trois fois ou d'informer sa mère brutalement : «Mais je te l'ai déjà dit ! »

Puis Mme Melo changea d'avis. «C'est le moment ou jamais de demander le carnet de santé et d'y faire transférer toutes les vaccinations. »

Le lendemain, un beau mercredi matin, elle partit tôt au centre municipal de vaccinations. Sur la porte d'entrée une pancarte l'accueillit : « Ouvert le mardi matin de 10 heures à 12 heures. » Tant mieux, parce qu'elle avait oublié les certificats.

Les deux jours qui suivirent, elle se demanda si elle ferait des copies ou attendrait le prochain mardi pour avoir le carnet. Finalement, elle opta pour les photocopies. Margot se sentit sauvée parce que ça aurait pu durer beaucoup plus longtemps. Elle avait même craint que ça ne l'empêche d'entrer en sixième. Mais ce fut une première étape réussie.

2° De vous présenter à partir du 2 septembre à 10 h collège du Parc des Grands Pins pour vous procurer un carnet de correspondance qu'il faudra lire et remplir avec attention : une fiche à 5 volets devra être complétée avec soin (signatures, photos). Ne pourront être acceptés en classe, le jour de la rentrée, que les élèves en possession de ces pièces dûment complétées.

Voilà précisément le projet que Margot entreprit de mener à bien le jour même où elle rentra de ses vacances à la campagne. Elle ne pouvait en aucune façon attendre le lendemain, car elle y avait pensé tout l'été. Elle défit ses valises et se dirigea vers la porte.

— Attends ! cria Mme Melo. Tu as de l'argent ?

— De l'argent ? Non. Pourquoi ?

— Il faut payer le carnet sans doute.

Margot fit un sondage rapide dans la famille pour se faire une idée du prix d'un carnet de correspondance.

— 3 francs! affirma sa tante qui passait quelques jours chez eux.

— 5 francs! suggéra sa cousine.

— 8 francs! proposa sa sœur.

— De 10 à 15 francs, estima son père.

Sa mère lui donna 20 francs pour être plus sûre. Margot revint une heure plus tard, le temps d'avoir fait la queue au bureau et l'aller-retour.

— C'est 35 francs. Donne-moi encore 15! supplia-t-elle essoufflée.

— Tu n'auras plus le temps, le bureau ferme à 17 heures.

— Je courrai vite! promit Margot, déterminée.

— Demain! jugea sa mère catégorique.

Margot se coucha ce soir-là déçue de ne pas avoir le carnet entre les mains… Mais, au moins, elle savait combien il coûtait.

Rentrée des sixièmes mardi 7 septembre à 13 heures 50.

Margot ne vivait plus que dans l'attente de ce mardi 7 à 13 h 50. Elle présenta fièrement son carnet de correspondance à l'inspection familiale.

— 35 francs, ils exagèrent! grogna sa tante.

— C'est un scandale, souffla sa cousine.

— Je n'arrive pas à le croire, avoua sa mère.

— Ils utilisent les sous pour autre chose, insinua sa sœur.

Son père le soupesa pour essayer de découvrir une justification secrète à ce prix. Il haussa les épaules et retint ses paroles.

*
* *

Margot, elle, pensait que c'était l'affaire de sa vie. Elle fit entrer son carnet dans sa chambre comme un invité d'honneur et y passa la journée. D'abord elle rangea son bureau, puis elle nettoya la table avec une éponge et de la poudre à récurer. Elle la laissa sécher pendant qu'elle mettait de l'ordre dans les tiroirs, l'armoire, la table de chevet et la bibliothèque. Elle mit de côté des jouets, des livres, des accessoires, des vêtements jugés trop puériles pour sa nouvelle vie.

Dans cette propreté et cet ordre jamais vus auparavant, elle se mit à remplir son carnet de correspondance. Elle voulait qu'il soit sans tache, un exemple de perfection dans un monde imparfait.

En tendant le carnet à son père, elle le supplia de faire une belle signature plutôt que son gribouillage habituel. Elle demanda à sa mère de s'appliquer aussi. Inspirés par la rigueur de leur fille, ils firent des efforts.

Il fallait joindre six photos au carnet, et Margot n'en avait que deux. En plus, elle avait besoin de ces photos à l'instant même. Elle avait peur que ses parents ne lui conseillent d'attendre le lendemain pour les faire mais parfois sa mère comprenait bien l'urgence de telles situations. Devant la détresse apparente de son bébé, elle la conduisit à la gare, au Photomaton.

Hélas, elles n'étaient pas les seules à avoir besoin de photos avant cette rentrée. Elles se mirent à la fin de la longue queue du Photomaton.

Après quarante minutes d'attente devant la cabine couleurs, Margot posa plusieurs fois devant la vitre noire. Elle lui fit des sourires tellement forcés qu'elle en eut mal à la mâchoire.

Qu'importe! Elle avait ses photos collées aux bons endroits. Il ne lui restait plus qu'à décider de ce qu'elle mettrait le premier jour d'école. Elle aurait aimé s'orner de sa plus belle robe pour marquer le coup. Elle l'essaya et se regarda dans la grande glace dans la chambre de sa sœur aînée. Celle-ci, armée de son grand savoir-faire en matière de sixième (étant déjà passée par là), la fixa incrédule.

— Mais! Tu ne vas pas te déguiser en petite fille modèle, espèce de gourde!

— Qu'est-ce que je mets alors?

— Un jean et c'est fini! répondit Amie d'un ton sec.

— Alors je mettrai ma jupe-salopette en jean.

— Pas de jupe! Personne ne met de jupe en sixième. Tu mets un vrai jean, point final!

Margot supposa qu'il en était ainsi. Il ne lui vint pas à l'esprit qu'elle pouvait très bien se promener en jupe alors que tout le monde était en pantalon. Elle ne voulait pas se faire remarquer, surtout le premier jour.

La veille du grand jour, elle se coucha à huit heures bien que la rentrée des sixièmes soit fixée à 13 heures 50, car elle voulait être en forme. Sa mère vint l'embrasser.

— Maman, j'ai peur de la sixième.

— Peur de quoi exactement ?

— De tout.

— Tout ! C'est quoi ? insista sa mère.

— Je ne sais pas.

— Alors peur de l'inconnu. Ne t'en fais pas, dans quelques jours tu seras déjà une vieille élève de sixième et tu connaîtras tout.

— Mais si je n'ai pas d'amis dans ma classe ?

— Tu t'en feras d'autres, tu n'as jamais manqué d'amis.

— Et si les profs ne sont pas sympas ?

— Tu survivras ! déclara sa mère devenue impatiente.

— Et si je ne comprends rien ?

— Tu comprendras ! rassura Mme Melo en sortant.

« C'est facile à dire », pensa Margot. Elle se tournait et se retournait dans son lit. Elle comptait les moutons. Elle comptait les éléphants. Puis elle alluma sa lampe de chevet et se mit à lire le *Journal d'une sœur cadette*.

— Et si je ne trouve pas les toilettes ? s'inquiéta-t-elle. Elle alla vite au cabinet comme si c'était son dernier pipi. Elle vérifia sa trousse pour être sûre d'avoir de quoi écrire. Enfin, malgré cette révolution dans sa vie, elle s'endormit après avoir compté jusqu'à 1 776.

Sa sœur entrait en première, mais Margot savait que c'était elle la vraie vedette de la famille ce jour-là. Et sa sœur n'avait pas fini de l'embêter avec ses conseils. La pire des disputes éclata juste avant le grand départ. Margot s'apprêtait à mettre les bretelles de son cartable sur ses épaules.

— Tu ne vas pas me dire que tu amènes un cartable en sixième ? tonitrua Anne.

— Comment veux-tu que je transporte mon matériel sinon ? implora Margot.

— Mets un crayon et un cahier dans un sac et c'est tout ! Personne ne porte un cartable le premier jour de la sixième.

Margot resta ferme :

— Moi, je porte un cartable.

Mme Melo s'en mêla :

— Toi aussi tu portais un cartable en sixième.

— Oui, rétorqua sa fille aînée amèrement, parce que tu m'y as forcée et j'avais honte d'être la seule bébête avec un cartable à la nouille.

– Mais c'était un cartable tout neuf en cuir véritable que tu avais choisi toi-même, et tout le monde en portait un sur le dos, se rappela Mme Melo.

– Oui d'accord, mais on n'en avait pas besoin le premier jour.

– Où est-ce que je mettrai mes livres, alors ?

– Ils ne donnent pas de livres le premier jour.

– Laisse-la faire ce qu'elle veut, intervint leur mère.

– Tu veux que tout le monde se moque d'elle ?

– T'en fais pas ! rassura sa mère.

« "T'en fais pas !" pensa Margot, est ton refrain préféré. »

2

Margot partit enfin, inquiète de paraître si peu à la mode avec un cartable, terrifiée à l'idée d'avoir des profs sévères, tracassée par la crainte qu'ils se soient trompés et qu'il n'y ait pas de place pour elle en sixième. Sa mère l'accompagna.

Les enfants et les parents étaient debout dans la cour du collège. Margot cherchait des yeux des visages familiers. Elle vit deux copines de son ancienne école et se dirigea à leur rencontre.

Soudain il y eut un mouvement vers le préau. Une voix autoritaire commanda aux parents de rester à l'extérieur du préau et aux enfants de se grouper silencieusement à l'intérieur ; mais les parents restaient collés à leurs enfants, et il y eut une confusion monstre.

Un monsieur rond et moustachu lisait les noms de la sixième 1 :

– Si vous ne vous taisez pas, il vous faudra revenir demain ou après-demain, moi ça m'est égal.

Sixième 2 : si vous n'entendez pas votre nom à cause du boucan vous serez rayés des listes !

Margot se concentrait très fort. Elle avait peur de louper son nom, peur qu'on ne la nomme pas, peur presque d'oublier son nom, qu'elle se répéta pour le garder en tête.

– Sixième 3 : si vous continuez comme ça, vous pouvez rentrer chez vous ! Sixième 4 : vous allez vous faire mal voir si vous n'arrêtez pas de parler. Sixième 5 : je vais commencer à donner des punitions.

Margot craignait de plus en plus qu'on ne l'oublie. Son nom ne figurait sur aucune liste. Tous les gens qu'elle connaissait avaient déjà été appelés.

– Sixième 6 : soyez gentils, les enfants.

Il appela 14 garçons et puis Margot entendit comme par miracle son nom.

Elle cria :

– Présente !

Puis elle rejoignit les autres.

Quand la classe fut au complet, elle suivit le professeur principal dans la salle. Elle se sentit rassurée et immédiatement chez elle. Ouf ! Elle avait une place ! Le prof avait l'air gentil avec son casque de moto et ses cheveux en brosse, mais il n'était pas son genre. Elle préférait les barbus.

Elle s'accrocha à chaque mot qu'il prononça. D'abord elle copia l'emploi du temps dans son carnet de correspondance :

	Lundi	Mardi	Jeudi	Vendredi	Samedi
8h	EPS	219	212	230	10
		Maths	Français	Histoire	Musique
9h	EPS	212	319	212	222
		Français	Anglais	Maths	Dessin
10h	212	212	212	319	
	Français	Français	Maths	Anglais	
11h	319	319	212	212	
	Anglais	Anglais	Maths	Français	
14h	Sciences	224	EPS		
	physiques	Histoire			
15h	Sciences	6	212		
	naturelles	EMT	Français		
16h		6	219		
		EMT	Géo		

C'était pas mal. Elle avait le mercredi entièrement libre ainsi que le vendredi après-midi.

M. Gili (le professeur principal) demanda à deux élèves de se désigner pour représenter la classe provisoirement jusqu'à l'élection des délégués.

— Qui veut se proposer ?

Personne ne bougea. Personne ne leva la main.

— Vous n'avez pas grand-chose à faire, tout juste à faire passer le cahier de textes à chaque cours et à le remettre au bureau numéro 16 à 17 heures.

Personne. Il y avait un silence gêné dans la classe.

Margot était scandalisée qu'il n'y eût pas une seule âme généreuse pour assumer ces responsabilités vis-à-vis de la société. Mais qui ?

Ce soir-là, elle raconta à table la brève histoire de la première journée de sa vie au collège. Elle commença par annoncer :

— Je suis déléguée provisoire !

— Comment cela se fait-il ? demanda son père.

— Le prof a demandé des volontaires et il n'y en avait pas un seul. Et le pauvre, il attendait, il attendait. J'ai eu pitié de lui alors j'ai levé la main.

— C'est gentil, commenta sa mère. Comment sont les élèves de la classe ?

— Pas malins. Figure-toi qu'il y a un garçon qui n'a même pas apporté de quoi écrire : pas une feuille de papier, pas un crayon, pas un stylo. Le prof lui a dit qu'il avait vraiment fait mauvaise impression. Mais, à part lui, tout le monde avait un cartable ! cria Margot en direction de sa sœur. Et il y avait plein de filles en jupe.

— Les pimbêches ! ricana Anne. Tu as vu les autres profs ?

— Oui, ils se sont tous présentés.

— Tu le trouves comment, ton collège ? interrogea sa sœur qui avait fréquenté un autre CES.

— Plutôt moche et j'ai été très déçue. Je ne comprends pas. Vous connaissez le grand bâtiment qui ressemble à un palais ? Je pensais que nos salles de classe seraient là, mais non. Le palais est réservé à l'administration, et nous, nous avons des bâtiments qui ressemblent à des casernes.

— Toujours comme ça, se fâcha sa mère. Les enfants en dernier.

— Ce n'est pas si mal, modéra Margot. D'accord, les classes sont nues – il n'y a ni décoration ni dessins. Les couloirs sont étroits et encombrés, et on a du mal à ne pas se faire écraser, mais il y a de l'ambiance !

— Et les profs ? Des hommes ou des femmes ?

Margot fit un rapide calcul.

— Cinq hommes et cinq femmes. C'est vraiment équilibré. La prof de dessin a l'air un peu folle, d'ailleurs elle veut nous emmener au musée.

— C'est une bonne idée, contesta son père. Tu t'es fait des copains ?

— Tout le monde se parlait. Il y a trop de garçons ! Je crois que je vais être amie avec une fille qui s'appelle Denise. Elle a l'air sympa et sérieuse. Mais elle ne mange pas à la cantine. Un certain Jean m'a déjà avertie qu'il n'aime pas les chouchous quand je me suis proposée pour être déléguée. Tant pis pour lui !

— Moi, non plus ! dit sa sœur. Margot l'ignora.

— Le problème c'est qu'il faut acheter tout le matériel pour jeudi. Chacun a donné sa liste. Je crois qu'il faut carrément acheter une papeterie entière. Écoutez ! J'ai fait le compte : 3 classeurs, un vert, un rose et un bleu avec des feuilles vertes, roses, bleues et blanches. Un dictionnaire courant, un dictionnaire des synonymes, deux cahiers de 100 pages sans spirales, un compas, un rapporteur, une équerre, une règle.

Histoire-géo : 2 cahiers de travaux pratiques, grand format.

Sciences physiques : 2 cahiers grand format, grands carreaux.

Sciences naturelles : feuilles doubles, intercalaires, chemise, papier-calque, papier millimétré, feuille de dessin.

Dessin : peinture, chiffon, palette, sac en plastique, feutres, crayons.

Éducation manuelle et technique : cahier grand format petits carreaux.

Musique : un cahier à feuilles de musique, un cahier à feuilles normales.

— De mon temps, un crayon et du papier suffisaient, murmura son père.

— Et je ne vous ai pas lu la liste des fournitures générales.

— Regarde bien quand même ce que tu peux utiliser de l'année dernière, recommanda sa mère.

— J'irai avec toi demain après-midi. J'ai des affaires à acheter aussi, proposa sa sœur.

— N'oublie pas tous ces classeurs qui sont empilés dans ta chambre.

— Mais maman, il en faut un bleu, un rose et un vert. Ces classeurs fantaisie ne peuvent plus servir.

— Fais comme tu veux, mais essaie de ne pas trop gaspiller !

Ça, c'était un des autres refrains de sa mère.

— T'en fais pas, maman !

3

C'était le mercredi du papier brouillon, du papier millimétré, de feuilles à petits carreaux et de mille articles dépistés dans les rayons « Rentrée scolaire » parmi la foule d'enfants et de parents à la recherche urgente de stylos à bille, de cahiers de textes, de compas, gommes et compagnie.

Margot était furieuse de voir toute la population de la ville se ruer dans les magasins le même jour. S'il n'y avait pas eu tant de monde, ça aurait pu être agréable, mais c'était de la folie dans les magasins avec ces queues interminables pour payer. Elle voyait quelques visages de sa classe qui attendaient aussi. Margot avait la tête qui tournait. De retour à la maison, épuisée, elle vérifia si ses achats correspondaient bien à sa liste. À sa stupéfaction, il y avait encore des petites choses qui manquaient. Elle se mit à fouiller dans ses placards et dans de vieux sacs, et en mendiant chez Anne, elle combla à peu près le déficit.

Elle vida son cartable des quelques bricoles qu'il contenait. En regardant son matériel et son emploi du temps, elle rangea méthodiquement, cérémonieusement, ses affaires pour le lendemain. Au lit elle essaya d'apprendre par cœur les numéros des salles de classe : français : 212 ; anglais : 319 ; histoire-géo : 230 ; sciences nat : 324. Elle était sûre de se perdre. Elle rêva cette nuit d'un labyrinthe épouvantable et inextricable.

*
* *

Le matin, elle réussit à trouver la salle 212 et se félicita de son bon sens. Le professeur leur fit passer un test d'évaluation de leur niveau. Denise lui adressa un signe de dégoût. Il annonça sans enthousiasme qu'ils allaient lire *Le Médecin malgré lui* de Molière et il dicta les premiers devoirs. Il s'agissait d'une rédaction sur un quart d'heure marquant de leur vie.

En anglais Margot apprit à dire « le chat, le chien, le livre, le tableau noir, la craie, le professeur, la table ». Les élèves étaient hilares, se sentant comme des bébés qui apprennent à parler. Dan, excité, n'arrêtait pas de crier :

— *Speak English ? How do you do ?*

Au bout des deux premières heures, elle ne se sentait plus du tout en forme pour affronter les deux heures de maths qui allaient suivre. Elle ne pouvait pas s'empêcher de penser que la vie serait bien plus belle sans cette matière. Annick trouva le prof « extra ».

– Pas moi, affirma Margot.

Le mieux que l'on pouvait dire à l'avantage de ce cours, c'est que le prof n'avait pas donné de devoirs.

À midi, elle était suffisamment affamée pour se joindre à la ruée vers la cantine. Voilà un moment qui promettait d'être agréable. Elle était toujours prête à manger. Mais c'était la débandade. Elle avait peur d'être piétinée ou écrasée par la foule d'enfants et de cartables.

Petit à petit, la panique la saisit. Elle se sentait emprisonnée, étouffée. Poussée par le courant, Margot se précipita devant l'entrée du réfectoire où un surveillant annonça qu'il n'y avait plus de place pour le premier service.

Affolée, elle chercha une cabine téléphonique. Il y en avait une dans la cour. Elle composa son numéro et, presque en larmes, fit un compte rendu tragique à sa mère :

– Maman, j'ai failli me faire écraser. C'est horrible. Et je meurs de faim.

– Alors, reviens à la maison.

Elle avait besoin de sa maison comme d'eau dans le désert.

– Je peux ?

– Pourquoi pas ?

– Je ne sais pas si j'ai le droit. Tant pis. J'arrive.

Elle rentra en courant.

– Si c'est ça la sixième, ils peuvent se la garder.

Elle raconta sa matinée et le danger que présentait l'accès a la cantine.

— Tu t'habitueras, t'en fais pas !

*
* *

L'après-midi passa plus vite avec l'éducation physique et l'histoire-géo. En gym, ils allaient faire de la danse, du modern jazz, et, en histoire, les civilisations antiques. C'était un bel avenir.

Sur le trajet du retour, la tête pleine de projets, de devoirs, de rêves de bonnes notes, Margot sursauta. Un bras lourd, menaçant, venait de se poser sur ses épaules, et une voix chuchota :

— Tu viens avec moi ce soir, chérie.

Elle ne savait pas ce qui lui arrivait. Elle se dégagea et se mit à courir. C'était un grand garçon de quatrième ou de troisième. Pour la deuxième fois, elle arriva chez elle secouée et à bout de souffle. La sixième était pleine de dangers.

— J'ai été attaquée dans la rue, cria-t-elle. J'ai été agressée sexuellement ! hurla-t-elle, pas tout à fait sûre du sens de cette expression.

Sa mère et sa sœur se pressèrent à ses côtés.

— Quoi ? Qu'est-ce qui s'est passé ?

Elle expliqua le bras, le garçon, le « Tu viens avec moi ce soir, chérie », d'un ton sinistre.

— C'est tout ? interrogea sa sœur rassurée mais un peu déçue.

— Ce n'est rien, consola sa mère. Peut-être qu'il te trouvait jolie. Ce n'est pas si terrible. Tu t'habitueras.

Pas tellement rassurée, Margot décida néanmoins de se mettre au travail. Mais d'abord elle avait une envie irrésistible. Elle entra comme un cambrioleur dans la chambre de sa sœur essayer un soutien-gorge. Les deux poches de dentelle en coton restèrent creuses et vides sur la poitrine plate de Margot. Elle inséra une paire de chaussettes à la place de chaque sein manquant pour estimer son pouvoir de séduction devant le miroir. Sa sœur entra en déclarant :

— Hou, la femme fatale !

Margot, morte de honte, murmura :

— Pas tout de suite !

Elle ferma la porte de sa chambre, s'assit, les coudes sur le bureau, les mains sur les joues pour stimuler ses idées. Elle voulait faire sa rédaction mais elle ne savait pas quel quart d'heure de sa vie choisir, il y en avait tant. Elle sortit consulter sa sœur.

— Fais le quart d'heure avant l'entrée en sixième.

— Non, tout le monde fera ça.

— Tu peux faire le quart d'heure de ta naissance.

— Je ne me rappelle pas.

— Invente !

— Ça ne me dit rien.

— Fais ton concours d'alto au conservatoire.

— C'est pas mal comme idée. Merci !

De nouveau dans sa chambre, devant la feuille

blanche à grands carreaux, terrifiante, Margot écoutait la rumeur de la ville, la circulation dans la rue, les chiens qui aboyaient, le marteau-piqueur lointain, les cris des enfants qui jouaient. Elle n'entendait pas ses propres pensées. Coup de grâce, le téléphone sonna.

Elle déclara :

— On n'arrive pas à travailler dans cette maison !

Sa sœur chantonnait, comme pour l'agacer encore plus, pour freiner le flot de ses idées.

Elle mit du coton dans ses oreilles et un bonnet de ski sur sa tête. Elle essaya de se dominer en écrivant les premiers mots sur la feuille : *Savez-vous ce que c'est d'avoir le trac ?*

Elle admira son titre, mais elle n'était pas sûre d'elle. C'était sa première rédaction de sixième. Elle alla voir sa mère qui trouva son titre excellent.

— Qu'est-ce que je peux écrire maintenant ?

— Ben, continue.

— C'est facile à dire ! Comment travailler avec ce boucan. Tu ne peux pas installer du double vitrage ? Comment veux-tu que je réussisse avec quelqu'un qui fredonne, un chien qui aboie et le téléphone qui n'arrête pas de me déranger.

— T'en fais pas ! Tu t'habitueras, répéta sa mère comme un message préenregistré.

Margot claqua sa porte et contempla son titre, « Le trac, le trac, le trac. » Après l'élan qui avait produit ce titre éblouissant, il ne restait plus d'idée pour entamer la rédaction. Et puis le téléphone sonna encore une fois.

— Margot, c'est pour toi : Estelle !

Estelle était sa meilleure amie en CM2. Elle n'habitait pas le même quartier et elle allait dans un autre CES.

— Comment ça va ?

— Bien.

— Elle est sympa ta classe ?

— Super !

— Tu as des devoirs ?

Le temps de décrire les profs, les élèves, les anecdotes, et l'heure du dîner arriva. Et Margot n'avait rien fait.

— Je ne sais pas comment je vais me débrouiller avec ces dérangements continuels. Je n'arrive pas à me concentrer.

— Oh, la *prima donna*. Je travaille dans les mêmes conditions, répondit sa sœur, la chipie.

— Ta chambre est deux fois plus grande.

— T'en fais pas, interrompit sa mère.

Margot regarda sa sœur avec un sourire et elles entonnèrent ensemble :

— Tu t'habitueras !

*
* *

Margot relut son cahier de textes : *Rédaction numéro 1 texte libre : raconter (dans un texte de 150 à 300 mots) un court épisode de sa vie. Le moment choisi devra être intéressant et ne devra pas dépasser le quart d'heure.* Elle fit un sondage parmi ses copines.

— Qu'est-ce que tu vas raconter, Catherine ?

— Je vais faire mon premier quart d'heure à la maternelle.

— Et toi, Denise ?

— Ma première descente à ski.

— Et toi, Nicole ?

— La mort de mon grand-père.

Margot constata que leurs idées étaient cent fois meilleures que la sienne.

D'où pouvait-elle sortir ces 150 à 300 mots sur ce misérable concours d'alto ? Elle avait deux semaines devant elle pour y réfléchir, mais ça lui pesait déjà. Si seulement il n'y avait pas tant de bruit dans sa chambre.

Pendant ces premières semaines, les soucis s'accumulèrent dans son cahier de textes, comme l'argent dans le coffre de l'avare. Elle s'efforça de se concentrer, mais c'était difficile. Après la période d'observation des premières semaines de classe, les élèves de la sixième 6 devinrent les champions du chahut. Le chahut était une maladie contagieuse pour Margot qui se mit à participer au débinage généralisé des profs avec Denise, Catherine ou Philippe.

— Tu as vu comment il essaie de nous la boucler : chut, chut les enfants, avec une toute petite voix.

En anglais, tout le monde parlait. Camille papotait avec sa voisine tandis que Nicole et Dan échangeaient les derniers potins. Le prof annonça sereinement :

— Taisez-vous, on va mettre la leçon audio.

Le chahut continuait comme si le prof n'avait rien dit. Camille, saisie de remords pour le prof cria :

— Vous faites chier ! pour faire taire la classe, mais le prof pensa que cette remarque grossière lui était adressée.

Camille reçut un avertissement. La classe eut une punition : recopier les trois premiers chapitres du livre.

La tête entière de Margot se remplissait de tracas et de trucs à faire pour le mois prochain, la semaine d'après ou pour dans trois jours. De cours en cours, les devoirs tombaient en pluie régulière et abondante. Tous les jours, elle rentrait et se mettait au travail, mais c'était un puits sans fond, plus elle en faisait, plus il y en avait. Le bruit de la ville et de la maison continuait à l'empêcher d'atteindre les sommets d'un vingt sur vingt. Elle se plaignait souvent à table :

— Comment voulez-vous que je travaille ? Les parents de Catherine lui ont acheté un casque anti-bruit. C'est super, elle n'entend rien, et ses résultats en classe témoignent d'une nette amélioration, annonça Margot comme une publicité à la télé.

— Je n'ai jamais eu de casque et je me débrouille, répondit sa sœur.

– Dans le temps, on s'arrangeait sans ces appareils, marmonna son père.

– Dans le temps, il n'y avait pas de bruit.

– Il faut que tu t'habitues, ma chérie, bourdonna l'écho de sa mère.

Mais Margot ne s'habituait pas. Elle trouva parmi les affaires de ski, dans la cave, un serre-tête sous lequel elle installa des boules Quiès achetées avec ses économies, couvrit le tout de son bonnet de ski. Il faisait chaud sous ce casque improvisé, mais le résultat côté bruit était bon. À l'heure du dîner, sa sœur fut obligée de lui taper sur l'épaule.

C'est ainsi protégée des clameurs de la civilisation qu'elle se mit à chasser à travers la littérature française un poème digne d'être récité devant la classe de français. De la bibliothèque elle sortit des recueils d'Éluard, de Prévert, de Victor Hugo et d'Apollinaire. Elle lut chaque volume du début à la fin, agitée par l'inquiétude de ne pas en trouver un qui lui plaise, ce qui fut le cas. Elle tourna les pages sur des poèmes de Verlaine, Rimbaud, Baudelaire mais ça ne lui disait rien. Margot prit la décision grave d'écrire son propre poème et de mentir au prof en affirmant qu'elle l'avait trouvé dans un livre. Elle écrivit :

Je voudrais faire un poème
Long et
Profond

Je voudrais que tous les enfants l'aiment
Je voudrais qu'il fasse pleurer
Le monde entier
Je voudrais que mon père, après l'avoir lu, me prenne dans
ses bras
Je voudrais que ma maman soit fière de moi
Je voudrais qu'il soit
Gai
Mais aussi, parfois triste.
Je voudrais que tout le monde le connaisse
Et l'admire
Mais non, il ne sera jamais célèbre !
Un poème d'enfant
N'est pas très important.

Parfait ! Exactement seize lignes. Elle enleva ses
boules Quiès pour aller réciter son œuvre à sa sœur
qui écouta d'un esprit critique.

— Mais tu es folle ! Il ne va jamais te croire. Choi-
sis un poème normal dans un vrai livre !

Découragée, Margot rentra dans sa chambre, reprit
les livres et compta le nombre de lignes des poèmes.
«Dès que je trouve un poème de douze à quatorze
lignes, j'arrête. Ce sera lui !»

Dans un volume consacré à Raymond Queneau
elle rencontra l'élu : *Pour un art poétique.*

Prenez un mot prenez-en deux
faites-les cuire comme des œufs
prenez un petit bout de sens

puis un grand morceau d'innocence
faites chauffer a petit feu
au petit feu de la technique
versez la sauce énigmatique
saupoudrez de quelques étoiles
poivrez et puis mettez les voiles

Où voulez-vous en venir ? à écrire
Vraiment ? à écrire ?

Sa sœur ne sembla pas d'accord.

— Tout le monde le connaît.

— Tant pis ! Ils le connaîtront mieux !

— C'est un poème du CM2. Ce dernier argument ébranla la décision de Margot, et, à l'heure du dîner, elle n'avait toujours pas déniché son poème.

— Pourquoi ne choisis-tu pas une chanson de Georges Brassens ? demanda son père.

— Il a dit *poème*, pas *chanson*.

— Quelquefois un poète fait des chansons. Tu pourrais réciter la chanson à ton nom *Brave Margot*, et son père se mit à la chanter par cœur lentement en articulant chaque mot.

Margot éclata de rage.

— Mais tu ne te rends pas compte. J'aurais un zéro si j'apportais ça en classe. Et puis ça fait plus de seize lignes. Tu imagines si je récitais :

Margoton la jeune bergère
Trouvant dans l'herbe un petit chat

Qui venait de perdre sa mère
L'adopta.
Elle entrouvre sa collerette
Et le couche contre son sein
C'était tout c'qu'elle avait pauvrette comme coussin.
Le chat la prenant pour sa mère
Se mit à téter tout de go
Émue, Margot le laissa faire
Brav'Margot
Un croquant passant à la ronde
Trouvant le tableau peu commun
S'en alla le dire à tout le monde.

Margot avait tout retenu de « sa » chanson.

— Ça fera rire ta classe, insista son père.

— Justement ! Tu veux qu'ils m'appellent Margot tétine ou Margot nichon ? Ben, si tu penses que ça me ferait rire…

— C'est bien de choisir un poème humoristique.

— Je veux un poème sage, un poème normal, qui puisse éventuellement provoquer un petit sourire à la limite mais pas trop. Un poème de douze à seize lignes qui me donne 15 sur 20. Un poème moyen. Voilà !

La famille mangeait en essayant de mettre la main sur un poème moyen. Ce n'était pas une tâche facile, et ils étaient soulagés d'avoir fini le repas et de se livrer à la tâche moyenne qui consistait à débarrasser la table au rythme de la mélodie de Brassens :

Quand Margot dégrafait son corsage
Pour donner la gougoutte à son chat
Tous les gars, tous les gars du village
Étaient là, la, la la la la la
Étaient là, la la la la la.

La chanson lui tapait sur les nerfs.

*
* *

Après avoir révisé sa leçon sur les Égyptiens, elle eut du mal à s'endormir et, quand enfin le sommeil arriva, elle continua à s'agiter, sans doute dérangée par des rêves affreux de mauvaises récitations et de rédactions raturées.

Elle se réveilla en sursaut avec l'horrible impression d'avoir trop dormi. Elle s'habilla sans se laver et sans se coiffer et alla alerter sa mère :

— Maman, le réveil n'a pas sonné. Je suis en retard. Vite, amène-moi en voiture, je t'en supplie.

Comme une somnambule, sa mère se leva, passa un manteau sur sa chemise de nuit et sortit en pantoufles. Margot était presque en larmes dans la voiture à l'idée d'avoir une punition et, en effet, elle vit que la grille de l'école était déjà fermée. Mme Melo la déposa devant pour qu'elle affronte son sort :

— Je ne peux pas venir avec toi dans ma chemise de nuit et mes pantoufles. T'en fais pas. Explique l'histoire du réveil.

De toute façon Margot n'avait pas envie de se faire voir avec sa mère. Le manteau était respectable mais la chemise de nuit dépassait du manteau et tombait jusqu'aux chevilles. Sa mère sentait encore la nuit et le lit. Mais elle n'avait pas non plus envie de faire face toute seule au proviseur. Pendant un moment elle songea à sécher les cours et à passer la journée à se promener en ville, faire du lèche-vitrines, s'asseoir sur un banc en face de la mer pour bavarder avec les mouettes. Mais que faire du cartable ? Elle resta devant la grille, paralysée pendant quelques instants, quand elle se rendit compte que l'école était totalement sans vie. Il n'y avait personne.

Elle se demanda si ce n'était pas un de ses rêves et ne bougea pas, les yeux fixés sur la cour : aucun bruit, aucun mouvement ne provenait du CES. Dans sa hâte, elle n'avait pas mis sa montre, mais au moins un quart d'heure s'écoula. Le gardien du CES émergea de son logement de fonction avec la grosse clef du portail.

— Tu es déjà là ? Il y en a qui sont pressés d'aller à l'école, se moqua-t-il.

Quelques minutes plus tard une poignée d'enfants arriva. Ils entrèrent dans la cour déserte pour voir une fille allongée sur un banc comme un clochard.

*
* *

Si cette journée avait mal commencé, le reste ne fut guère plus brillant. D'abord en sciences physiques, le sort la désigna pour répondre à la question orale qui lui tomba sur la tête comme une guillotine :

— Quelle est la différence entre la balance romaine et la balance Roberval ?

Comment avait-elle pu oublier de réviser la physique ? Son cerveau était vide, blanc et nul. Aucun message ne parvint à sa bouche et elle resta muette comme une momie. Son affolement intérieur l'empêcha de murmurer une réponse improvisée.

— Zéro, Margot.

« Zéro ! pensa Margot, ma vie est finie. Quelle tache indélébile sur mon dossier. »

Puis la colère la saisit. Elle se rappela d'un coup la différence entre les deux balances. Son oubli était la conséquence de la surprise. Son prof l'avait fait tomber dans une embuscade, la laissant sans moyens. Son cœur se remplit d'amertume. Retenant ses larmes à la fin du cours, elle lâcha :

— C'est dégoûtant !

Ses amis la consolèrent :

— Elle est vraiment vache ! lui assura Denise.

— Quelle salope alors ! s'exclama Catherine.

— Quel énergumène ! Poser des questions sans prévenir, dit Arthur.

Que tout le monde fût d'accord aida un peu Margot mais elle n'arrivait pas à effacer ce zéro de sa tête.

Elle se sentit condamnée à une scolarité minable. On l'avait pourtant prévenue : « La sixième n'est pas l'école primaire. Il faut apprendre ses leçons et travailler. »

« La sixième n'est pas le septième ciel ! » pensa-t-elle.

Elle n'avait plus le cœur à répéter en chœur le dialogue d'anglais :

HELEN : *What's your favorite color, Kate ?*

KATE : *It's green. Look ! My dress is green.*

HELEN : *Blue's my favorite color. Look ! I have a blue skirt !*

Quand le prof d'anglais lui demanda en anglais « Quelle est votre couleur préférée ? » elle voulut répondre : « Noir… comme cette journée sinistre ! » mais elle ne connaissait pas ce mot en anglais.

En maths, la vie n'était pas plus belle. Première phrase du prof :

– La semaine prochaine vous aurez une interro de maths.

Réaction de Margot : le hoquet. Elle se mit à émettre des hoquets monstrueux et gigantesques comme si chaque hoquet avait ses haut-parleurs individuels en stéréophonie. La classe était secouée par des rires qui se multipliaient à chaque nouveau hoquet. Margot aurait aimé que le carrelage s'ouvre et se referme sur elle, pour disparaître de la surface de la terre et qu'on n'entende plus parler des maths, du hoquet, ni d'elle pendant cent générations au moins.

Chacun offrit un conseil. Le prof envoya Camille chercher de l'eau.

— Bois… sans respirer.

Aucun effet.

— Tiens le verre à l'envers, bouche ton nez avec le pouce et l'index et bois.

Rien.

— Respire très fort.

Néant.

— Saute !

Nul.

— Hurle !

Non.

Pendant qu'elle faisait le clown devant ces spectateurs captivés, quelqu'un cria :

— Faites-lui peur !

Annick vint la gifler très fort sur les deux joues. Margot, sous le choc, fondit en larmes… mais le hoquet persistait. Le prof s'efforça de reprendre son cours au rythme du tic sans tac des hoquets de Margot. Elle voulait mourir tranquillement sur place et elle se voyait gentiment enterrée, lorsque la cloche sonna à réveiller les morts et à étouffer le moindre écho du hoquet.

* * *

Dans l'escalier, la course vers la cantine semblait plus hystérique que jamais. Margot n'avait pas faim mais elle se laissa emporter par la grosse vague. Soudain un garçon inconnu se tourna vers elle, leva les deux mains et claqua son cartable sur la tête de la pauvre Margot qui se répéta pour la cent soixante-dix-neuvième fois depuis le matin : « C'est pas vrai ! Je rêve ! Ça ne peut pas être vrai ! » Elle aurait pu s'évanouir comme une héroïne de cinéma, mais ses jambes ne voulaient pas ployer. Elle palpa sa tête pour vérifier si elle était encore entière, puis, avec son cartable qui pesait huit kilos de livres, elle rendit la pareille à son assassin manqué.

*
* *

De mal en pis, avec une belle bosse qui poussait sur sa tête, elle sentit l'odeur révoltante de la choucroute détestée émanant de la cantine. Bonne mangeuse, il n'y avait que deux choses qu'elle ne pouvait pas voir dans une assiette : la betterave et la choucroute. Quoiqu'elle n'eût pas faim deux minutes auparavant, elle avait une envie subite d'engloutir cinq portions de raviolis à la sauce tomate.

Elle s'écarta laborieusement de la foule et trouva asile dans la cabine téléphonique. Elle sortit sa pièce de cinquante centimes de sa poche. Cette pièce d'un demi-franc l'accompagnait partout, car c'était sa bouée de sauvetage. Sa mère saurait se débrouiller avec la choucroute, le hoquet, la bosse et les multiples malheurs des dernières heures.

— Maman !

— Bonjour, ma chérie. Ça va ?

— Maman !

— Qu'est-ce qu'il y a ? Qu'est-ce qui t'a pris ce matin ? Ton réveil a sonné cinq minutes après notre départ. Tu insistais tellement que je n'ai même pas eu le réflexe de regarder ma montre.

— Maman ! Il y a de la choucroute.

Mme Melo comprit le désastre.

— Tu as de l'argent ?

— Je crois que j'ai cinq francs dans mon cartable.

— Alors va vite à la boulangerie à côté de l'école et achète-toi une pissaladière.

— D'accord ! (Elle n'y avait pas pensé.) À tout à l'heure.

— Au revoir, chérie.

Margot, en compagnie de son fidèle cartable, courut lourdement acheter sa pissaladière. Il n'y en avait plus. Ni de pizzas. Elle se procura une demi-baguette qu'elle mangea mélancoliquement sur un banc du jardin public près du CES. Elle avait entendu parler de la déprime et elle découvrait le sens du mot. Le regard au loin, le moral à zéro, l'estomac semi-vide, Margot aperçut un groupe de filles de sa classe de gym. Elles s'approchèrent du banc. Margot était consternée. Elles fumaient des cigarettes.

Lise sortit un paquet bleu de la poche de sa veste et tendit une cigarette à Margot.

– Tiens, prends !

– Non merci, je ne fume pas.

– Essaie, tu verras. C'est bon.

– Non, je n'ai pas envie, répéta Margot parce qu'elle n'avait réellement pas la moindre envie d'une cigarette.

En fait, l'odeur l'écœurait et la fumée lui brûlait les yeux. Personne ne fumait chez elle, sauf des invités. Une fois, un ami avait allumé une cigarette à table pendant le repas et sa mère lui avait demandé :

– Ça t'embête si je mange pendant que tu fumes ?

Lise s'obstina à lui faire prendre une cigarette.

– Vas-y. Tu t'habitueras. On n'est plus des bébés.

– Goûte, c'est vraiment extra, encouragea Cathy.

– Ne fais pas la poule mouillée !

– Non, vraiment, ça ne me dit rien !

– Froussarde !

– Allez.

– Tiens, tire juste une bouffée.

– Ça ne fait pas de mal. Tu verras.

Cathy forçait la cigarette dans la bouche de Margot qui ne voyait pas comment se dégager honorablement de ces pressions. Elle tira sur cette cigarette juste assez pour laisser une légère nausée l'envahir. Elle toussota sous les rires des filles et rendit la cigarette à Cathy.

– Il faut que tu t'habitues, après c'est bon. Tu verras.

Margot n'avait plus de pain pour évacuer le mauvais goût du tabac qui s'était joint au club du zéro, de la bosse et de l'odeur de choucroute.

Elle se leva et marcha avec la bande de fumeuses vers le terrain de sport pour le cours de gym. Elle avait autant envie de faire de la gym que de manger de la choucroute, mais elle était prisonnière de son emploi du temps, et, quand il y a écrit «Éducation physique et sportive», on saute, on court et on bouge.

Elle aimait bien l'enchaînement que la prof élaborait avec elles à chaque cours. Le modern jazz lui plaisait énormément. Mais aujourd'hui ses jambes étaient de plomb, ses bras de ploc et son corps de plouf. Ses pieds ne voulaient pas imiter la démonstration, sa tête les entraînait ailleurs. Et c'est à ce moment précis que la prof la désigna pour exécuter l'enchaînement du début à la fin devant la classe. Elle ne se souvenait pas du début, se perdit au milieu et n'arriva pas à la fin. La prof, étonnée, se sentant presque insultée, énervée, furieuse, le lui reprocha sévèrement :

— Il va falloir faire plus attention que ça, mon amie ! La gym ce n'est pas de la rigolade ! C'est sérieux d'éduquer le corps. Et ne croyez pas que vous n'aurez pas de zéros en gym. Il faut travailler en gym comme en maths, en français et en histoire. Il faut répéter l'enchaînement chez vous !

Comme une zombie, Margot s'achemina vers la salle du cours de français. Ici, elle se sentait en sécurité. Elle savait bien parler le français au moins. Elle n'avait pas la force d'encaisser une autre défaite.

M. Maldonné annonça d'un ton sombre et menaçant :

— Je vais vous rendre les interros de la semaine dernière. Je suis déçu. Vous n'êtes pas au niveau de la sixième. Vous n'êtes pas assez mûrs. Il faut vous réveiller ! Ce n'est plus l'école primaire. Votre avenir est en jeu.

Ce n'était pas la première fois qu'il tenait ce discours mais c'était la première fois que les mots voisinaient avec une note.

Margot était confiante. Elle avait peut-être fait des erreurs mais elle était sûre d'avoir bien répondu à la moitié des questions. Devant le bureau de Margot, la feuille avec les noms et les notes glissa des mains du prof et s'envola comme un papillon avant d'atterrir sur le plancher. Margot se baissa pour la ramasser. Elle vit : « Margot Melo 5 = O ». Un couteau dans le cœur.

« C'est pas possible ! » Est-ce qu'il existe un état d'esprit plus foncé que noir ? L'humeur de Margot était d'un noir bilieux, aigre, morne et funèbre.

— Je vais vous expliquer mon système de notation.

M. Maldonné écrivit sur le tableau ténébreux.

— Il y avait huit questions :

0 réponse juste = -1 donc punition

1 réponse juste = -1 donc punition

2 réponses justes = -1 mais sans punition

3 réponses justes = 0

4 réponses justes = 0

5 réponses justes = 0

6 réponses justes = + 1

7 réponses justes = + 2

8 réponses justes = + 3

Margot copia le système sur son cahier de brouillon en s'efforçant de comprendre. «J'ai cinq réponses justes donc j'ai zéro.» La logique de la chose lui échappa.

— La note la plus élevée est zéro avec cinq réponses justes. Je ne vais pas vous féliciter, c'est insuffisant. J'espère que cette première interro vous servira d'avertissement.

«Le mieux que je puisse espérer c'est un trois», rumina Margot. L'avenir s'annonçait aussi sombre que le présent. Elle se réfugia un moment dans le passé doré du CM2, choyée par un maître qui l'aimait. Puis outrée par ce zéro (le deuxième de la journée, le deuxième de sa vie), elle leva la main.

— Monsieur, est-ce que vous allez nous rendre les copies afin que nous puissions prendre conscience de nos faiblesses?

Elle était fière de sa question qui était un chef-d'œuvre de style. Mais le prof eut l'air furieux.

– Mademoiselle ! Ces interros constituent pour moi un simple sondage de votre niveau. Je prends votre température. Je ne vous rends pas les feuilles.

Il fut si catégorique que Margot n'osa pas demander de supplément d'informations alors qu'elle en aurait eu bien besoin. Elle présuma que sa sœur, qui avait tant d'expérience, saurait déchiffrer ces résultats.

Le reste du cours était consacré à achever de convaincre les élèves qu'ils étaient nuls, bêtes et idiots. Le but fut atteint d'une manière très satisfaisante.

Tellement satisfaisante que les mots «bécasses, demeurés, stupides, nuls, nuls, nuls» faisaient tempête dans la tête de Margot. Arrivée à la leçon d'histoire-géo, elle eut une idée. Sur une feuille blanche elle marqua tes lettres de l'alphabet, une lettre par ligne sous le titre *L'alphabète et méchant*. Elle inscrivit son message : «Remplissez par les mots les plus bêtes et méchants que vous connaissez.» Elle donna quelques exemples pour démarrer et fit circuler le papier dans les rangs.

Il y avait des rires étouffés, des ricanements et des sourires. La prof d'histoire-géo ne se doutait pas de la création mondiale qui était en train de voir le jour dans sa classe mais elle se plaignit souvent du chahut

– C'est la fin de la journée, je n'ai presque plus de voix, les enfants. Soyez gentils.

Plus tard, elle implora :

– Ne parlez plus ! Arrêtez-vous. Je vous en prie.

Et puis brusquement :

– Je vous donne une punition collective. Recopiez tout le chapitre sur les Égyptiens.

Et vlan !

Cette plaie d'Égypte survint à l'instant même où *L'alphabète* arriva à destination, sur le bureau de Margot. Par coïncidence, la prof le vit. Elle le confisqua et lut :

A âne, abruti, andouille

B bête, beurré, bordel, bourrique, baluche

C con, crétin, caca, cloche, cornichon, couillon

D débile, demeuré, dindon

E emplâtre, empoté, enculé

F fada, flûte, fichtre

G gourde, guignol, godiche, gaffe, ta gueule

H hurluberlu, huître

I imbécile, idiot

J jocrisse

K kangourou

L lourdingue, lourdaud

M merde, moule

N nouille, nigaud, niquedouille, nullité, nom d'un chien

O oie, ogre

P pipi, pantoufle, pocheté, peste, patate

Q quintuplé de connards

R râleur, ramollo, rustre

S salaud, sot, souche, scrogneugneu, snob

T taré, têtu, tourte

U   urticaire
V   vache, voyou, veau
W   whisky, walkyrie
X   xénophobe
Y   yéyé
Z   zut, zéro

C'est Margot qui avait ajouté le zéro. Mme Luron, si gentille d'habitude, se transforma en furie, abasourdie par la grossièreté de ses élèves.

— Je vais en parler à M. le Proviseur. C'est certainement une affaire du Conseil de discipline. Qui est responsable ?

Sans hésitation, Margot se leva. C'était la conclusion naturelle de cette journée : éjectée du CES.

Elle aurait préféré être renvoyée de la vie.

— Vous savez qu'au bout du troisième avertissement vous êtes suspendue du collège. Ce sera votre premier, je crois.

Margot qui s'était installée dans le malheur et la catastrophe hocha la tête honteusement. Alors, en un clin d'œil, la prof se métamorphosa : un sourire illumina son visage. Ensuite, en relisant l'anthologie de mots méchants, elle rit et changea d'avis.

— Ne faites plus ça en classe, Margot. C'est tout. Je vous le rends.

Margot débordait de gratitude pour la grâce et la bonté de Mme Luron. Elle rentra en pensant que la vie valait bien toutes ces peines, ces souffrances et ces misères, parce qu'il existait des gens comme sa prof d'histoire-géo.

Chez elle, à l'abri, elle évita l'interrogatoire de son père :

— Ça s'est bien passé ? Qu'est-ce que tu as fait ?

— Papa, je ne veux pas en parler.

— Tu veux goûter ?

— Je ne veux rien.

Elle croisa sa sœur qui, pour une fois, était souriante et de bonne humeur.

— Ça va, chérie ? minauda celle-ci en plantant deux baisers révoltants sur les joues de Margot.

Margot lui jeta un regard qui pouvait tuer. Anne s'écarta de son chemin.

Margot posa son cartable dans sa chambre et entreprit la création d'un autre alphabet dédié à Mme Luron : *L'alphabéat.*

A   angélique
B   belle
C   chouette
D   divine
E   exquise
F   formidable
G   gentille
H   harmonieuse
J   idéale
J   juste
K
L   louable

M	magnifique
N	noble
O	obligeante
P	parfaite
Q	quintessencielle
R	ravissante
S	splendide
T	touchante
U	unique
V	vertueuse
W	
X	
Y	
Z	

Toujours ces K, Q, W, X, Y, Z pour semer la zizanie dans ses alphabets ! Elle adorait faire des alphabets mais ces lettres maudites l'empêchaient de tourner rond. À l'aide du dictionnaire, elle parcourut un à un tous les mots commençant par Q, W, X, Y et Z, mais aucun ne faisait son affaire. Elle décida de les barrer de l'alphabet français et elle le fit. Avec la même détermination elle s'occupa de ses devoirs. Une accalmie s'instaura en elle après sa rude journée.

À table elle dévoila le déroulement des catastrophes, placide et remise de ses émotions. C'est seulement quand sa mère lui dit : « T'en fais pas ! Il y a des mauvais jours et des bons jours. Tu t'habitueras », qu'elle craqua et versa assez de larmes pour faire naviguer l'Arche de Noé.

4

Margot fixait son reflet dans le miroir en se coiffant et en essayant de se convaincre : « C'est un jour nouveau. Le passé, c'est le passé. » Étrangement, elle était pleine de confiance. Elle ingéra un bon petit déjeuner : jus d'orange, céréales, banane, lait et tartines, accumulant la force contre d'éventuelles déceptions à la cantine. Elle attela son cartable à ses épaules. C'était elle l'âne, et le cartable la charrette.

Malgré les chiens qui surgissaient de partout et laissaient leurs traces indiscrètes sur les trottoirs, les motos qui faisaient un bruit assourdissant et la horde de voitures contenant des gens crispés, Margot garda sa bonne humeur. « C'est précieux, pensa-t-elle, il faut que je la soigne. »

Dans la cour, Denise l'accueillit avec trois baisers placés à tour de rôle sur sa joue gauche, droite, gauche, suivie par la tournée d'embrassades quotidiennes. Deux joues pour Catherine, trois pour Danielle, jusqu'à quatre et cinq pour Nicole et Esther.

Certaines des filles donnaient leurs joues aux garçons mais les joues de Margot n'étaient pas encore mixtes.

Denise lui chuchota :

— Nicole est dégoûtante d'embrasser les garçons !

— Bof ! Si ça lui plaît... soupira Margot un peu jalouse.

Elle entra en cours d'histoire. Elle avait tout oublié. Elle avait aussi oublié que l'élection des délégués de la classe aurait lieu ce matin. « Je vais enfin me débarrasser de cette charge de bonne à tout faire. J'en ai assez de ramasser les cahiers, les porter, surveiller, aller mouiller les éponges, chercher des craies. »

Mme Luron fit un discours émouvant sur la liberté, la fraternité et l'égalité :

— Aujourd'hui, nous allons procéder à l'élection de deux délégués de classe. Ils seront vos porte-parole. Chacun de vous peut poser sa candidature. Il faut une fille et un garçon. Cet acte est riche d'enseignement car il permet l'apprentissage de la démocratie. Nous aiderons les délégués à exercer convenablement leurs responsabilités.

— Que fait le délégué ? demanda Jacques.

— Une fois par trimestre, il assiste au conseil de classe. Il transmet à l'administration les propositions des élèves. Il défend surtout ses camarades au conseil et leur rend compte des délibérations. Et il est responsable du cahier de textes et du cahier d'appel. Qui veut poser sa candidature ? Honneur aux filles !

Personne ne bougea. Un silence tendu tomba sur la classe et envahit l'espace comme une armée invisible. Mme Luron attendait, otage de la paralysie générale.

Margot réfléchit rapidement.

— Elle mérite mieux que ça. Il faut que quelqu'un se dévoue quand même, et puis, assister au conseil de classe n'est peut-être pas si mal.

Ces nobles pensées déclenchèrent un mécanisme qui poussa le bras de Margot à se lever.

Une seconde après, six autres mains se levèrent. Le prof inscrivit les noms sur le tableau noir. Comme il y avait d'autres candidats, Margot aurait pu se retirer mais elle avait honte de se dédire. À leur tour, sept garçons se portèrent candidats. Ainsi, plus de la moitié de la classe était candidate !

Mme Luron distribua des bouts de papier.

— Vous voterez à bulletin secret.

Le scrutin fut dépouillé à haute voix pendant que la prof marquait les votes à côté du nom de chaque candidat.

Margot Melo, Margot Melo, Margot Melo, Margot Melo, Esther Triesti, Margot Melo, Catherine Laroque, Jacques Biron, Jacques Biron, Margot Melo, et ainsi de suite jusqu'au score considérable de dix-neuf votes pour Margot contre six pour les autres candidats. Chez les garçons, Jacques Biron remporta la majorité des voix.

Après la classe, Jacques et Margot se répartirent les tâches quand un candidat malheureux les croisa :

— Bonjour maman, bonjour papa ! cria Jean.

« Ça commence bien », songea Margot.

*
* *

Elle prit son rôle à cœur. Il ne s'agissait pas d'être élue passive mais de contribuer réellement à la vie de sa classe. Pendant l'heure qui suivit, en l'occurrence les maths chéries, elle fit circuler de nouveau une feuille de papier. C'était en quelque sorte sa spécialité. En haut elle remerciait ses camarades de la confiance qu'ils lui avaient manifestée. « Je ferai de mon mieux pour ne pas vous décevoir. Pour commencer, je crois qu'il serait utile de vous demander quelques renseignements que je ferai photocopier. Je voudrais composer un annuaire de la classe avec tous vos noms, adresses et numéros de téléphone. Ce sera plus facile pour communiquer en dehors des heures de classe. Vous pouvez me téléphoner quand vous voulez. » Elle ajouta ses nom, adresse et numéro de téléphone pour donner l'exemple.

La feuille fit le tour des rangs et des tables pour revenir chez Margot ; il ne manquait qu'un nom, dont le détenteur lui dit après :

— Je ne veux pas jouer à papa et à maman.

Pendant le cours suivant, Margot eut une nouvelle idée. Elle refit circuler une feuille avec cette question : « Avez-vous des suggestions pour améliorer notre vie au CES ? »

Elle la reçut à la fin du cours avec les notes suivantes :

1. Changer de profs.
2. Se débarrasser des profs.
3. Tuer les profs.
4. Éliminer les devoirs.
5. Éliminer les interros.
6. Éliminer les permanences.
7. Éliminer les cours.
8. Jeter les cartables.
9. Jeter les livres.
10. Jeter les crayons, les stylos, les classeurs.
11. Installer un fast-food à la place de la cantine.
12. Ne plus faire de gym.
13. Faire davantage de gym.
14. 3 jours de congé par semaine.
15. 4 jours de congé par semaine.
16. 5 jours de congé par semaine.
17. 7 jours de congé par semaine.
18. Faire des voyages avec la classe.
19. Faire des voyages sans la classe.
20. Renvoyer les délégués !

Margot ne se découragea pas pour autant. Elle envoya une autre missive : « Il faut que nous discutions calmement. Rendez-vous chez moi mercredi après-midi à quatorze heures pour notre première réunion de classe. »

De retour chez elle, Margot tapa à la machine, lettre après lettre et doigt après doigt, la liste des adresses pour l'annuaire de la sixième 6. Elle y passa deux heures et demie. Sa sœur ne pouvait pas laisser passer l'occasion de lui rappeler :

– Tu sais, moi, en sixième, je n'avais pas besoin de travailler autant pour réussir.

– Tant mieux pour toi ! lui répliqua Margot.

Elle n'avait plus beaucoup de temps pour faire sa rédaction qu'elle devait rendre le lendemain, alors elle se força à écrire ses 150 à 300 mots. Soudain un souffle d'inspiration guida sa main, et elle remplit une page sans problème. Elle fit sa conclusion et compta les mots : 294 – un nombre respectable et convenablement placé entre 150 et 300.

– Papa, où est-ce que je peux faire des photocopies ?

– À la poste, il y a une machine à cinquante centimes la photocopie.

Avant l'école, elle passa à la poste. Elle bourra la machine de ses économies en échange des vingt-quatre exemplaires de son annuaire. Elle comptait demander une participation aux frais.

Contre ces précieuses feuilles, Margot reçut huit promesses de remboursement, sept paiements immédiats, trois haussements d'épaules et six commentaires désagréables.

– On ne t'a rien demandé !

– Je ne veux pas connaître les adresses de ces imbéciles.

– Je n'ai pas d'argent à gaspiller !

– Pour qui tu te prends ?

– De quoi tu te mêles ?

– Je vous vois assez toute la journée. Je n'ai pas besoin de vous téléphoner le soir.

Margot ne s'attendait pas à des réactions aussi hostiles à son sacrifice de temps et d'argent. Elle pensait que c'était vraiment pratique d'avoir noir sur blanc ces renseignements vitaux. Ce fut un coup dur pour son élan. Elle renonça rapidement à son projet de faire un annuaire des profs. « On verra plus tard, après la réunion », se promit-elle.

*
* *

Le mercredi de la réunion, Margot sortit acheter quelques gâteaux. Dix minutes après son départ, le téléphone sonna chez les Melo, et une voix affolée demanda Mme Melo.

– Vous êtes bien la maman de la petite Margot ?

Le cœur de ladite maman se mit à battre très fort. Elle imaginait sa Margot écrasée par une voiture, mordue par un chien et attaquée par un voyou, tout à la fois. Elle arriva à peine à émettre un « oui » craintif.

– Ah bon. Je suis la maman d'une camarade de classe de Margot, Camille.

— Oh la la ! J'avais peur que quelque chose ne soit arrivé à Margot. Elle est sortie il y a quelques instants.

— Non, non. Excusez-moi de vous avoir fait peur. Vous voyez, j'ai un grand problème et j'ai un énorme service à vous demander. Je ne sais plus comment faire, vers qui me tourner et je m'excuse de vous déranger comme ça. Mais c'est trop important et je pensais que vous pourriez m'aider.

— Je l'espère.

— Je vous assure que je vous en serais extrêmement reconnaissante. Je veillerai à ce qu'on vous le rende en parfait état et à ce que vous ne soyez pas incommodée du tout. C'est que je vous demande un immense secours.

Mme Melo commença à s'impatienter.

— N'hésitez pas, madame.

— Vous voyez, ma fille a un corset qui maintient entièrement son torse. Par conséquent elle a déjà redoublé et elle a du mal à suivre les cours. Elle se révolte contre ce corset qui l'emprisonne et qui l'empêche de vivre normalement.

Mme Melo était peinée par ces malheurs. Elle était étonnée que Margot ne lui en ait pas parlé.

— Qu'est-ce que nous pouvons faire pour vous ?

— Excusez-moi de vous le demander. Ce serait un très grand service, je vous assure.

— Mais ce serait avec plaisir !

— Vous comprenez, je ne peux pas faire autrement.

Mme Melo se demandait ce que pouvait être ce service tellement extraordinaire, inconcevable et exceptionnel.

— Ne vous en faites pas, madame.

— Voilà, comme je vous l'ai dit, Camille a du mal à suivre les cours et à tout noter. On l'aide par des leçons privées, mais elle n'arrive pas à travailler comme il faut. Elle aimerait entrer dans une école spéciale pour enfants légèrement handicapés, mais nous pensons qu'il vaut mieux qu'elle surmonte sa difficulté et qu'elle essaie de s'intégrer dans une classe normale.

— Je comprends, l'assura Mme Melo sans assurance.

— Vous comprenez, à son âge, elle grandit vite, son corps change, elle commence à penser aux garçons et elle vit dans une camisole de force. Nous essayons de l'aider à accepter sa condition, mais c'est tellement ingrat !

Mme Melo était réellement ennuyée pour cette petite, mais de la cuisine les odeurs d'un gratin qui commençait à brûler se répandaient de plus en plus dans l'atmosphère et, n'ayant pas le loisir d'imaginer quel service surnaturel on allait lui demander, elle préférait le savoir tout de suite :

— Qu'est-ce que nous pouvons faire pour vous, madame ?

— Voilà… Voyez-vous, je ne vous le demanderais pas si je ne l'estimais absolument nécessaire.

— Ne vous en faites pas, je vous en prie.

La maman de Camille soupira fort et puis se lança :

— Voilà : est-ce que votre petite Margot pourrait prêter son cahier de physique et son cahier d'histoire-géo à Camille, ne serait-ce que pour quelques heures. Je vous promets de les rendre aussitôt qu'elle aura fini de les recopier, et dans un parfait état. Vous voyez, c'est tellement important pour nous !

Mme Melo n'en croyait pas ses oreilles. Un si long prologue pour un si petit service !

— Mais bien sûr, madame, ce n'est rien. Ce sera avec plaisir !

— Oh, merci, madame. Je n'oublierai pas votre gentillesse. Pourvu que ça ne dérange pas votre fille !

— Pas du tout. Elle a fini son travail aujourd'hui.

— Est-ce que je peux venir le chercher dans un quart d'heure ?

— Sans problème.

Mme Melo expliqua le chemin.

— Il vaut mieux attendre le retour de Margot, comme ça, elle pourra vous montrer ses cahiers. Elle doit rentrer dans une demi-heure.

— D'accord, alors, dans une demi-heure. Merci mille fois, madame.

— De rien. À tout à l'heure.

— Merci encore. À tout de suite.

*
* *

Mme Melo était bouleversée par la conversation. Quand Margot surgit dans la cuisine avec ses boîtes de biscuits, sa mère lui annonça :

— La maman de Camille a téléphoné. Elle va venir chercher tes cahiers dans quelques instants.

— Oh non ! gémit Margot.

— Quoi ? protesta sa mère. Qu'est-ce qui se passe ?

— Elle les a déjà demandés à chaque élève de la classe.

— Et ils ont refusé ? s'étonna sa mère incrédule.

— Ben, oui, tu sais, elle ne fait pas très attention à ce qu'elle fait, Camille. Elle n'a qu'à écouter comme tout le monde !

— Mais avec son corset ce n'est pas toujours drôle.

— Quel corset ?

— Tu ne savais pas qu'elle avait un corset de là à là ?

Mme Melo désigna la hauteur du corset du bassin jusqu'au cou.

— Non, elle ne nous a rien dit, confia Margot honteuse de ne pas avoir voulu lui prêter ses cahiers qu'elle alla chercher sur-le-champ.

Elle les avait dans la main quand la sonnette émit son d-r-i-n-n-g. Camille et sa mère étaient sur le palier.

Très généreusement, Margot offrit à Camille toute l'aide possible.

Sa maman la remercia :

– C'est surtout en rédaction qu'elle a de grandes difficultés. Il paraît que, toi, tu es fortiche.

– Il ne nous a pas encore rendu les rédactions. Tu viens à la réunion, Camille ?

– Non, je dois recopier les classeurs.

– On va s'en aller d'ailleurs pour ne pas vous en priver trop longtemps.

– Bon, ben, à demain alors, et à l'avenir n'hésite surtout pas.

– Merci, mille mercis, chanta sa mère.

Margot attendit jusqu'à quatre heures et demie, mais personne ne parut, ne téléphona, ne sonna à sa porte. Les idées destinées à améliorer l'esprit de sa classe et la vie à l'école étaient condamnées à rester dans sa tête au lieu de prendre l'air et de s'animer dans une discussion. Elle se consola avec les biscuits qu'elle engloutit l'un après l'autre sans en apprécier le goût.

5

Elle recueillit les excuses de ses camarades comme autant de fleurs fanées dans un champ d'été.

— J'ai oublié.

— J'avais tennis.

— J'ai danse classique.

— J'ai l'orthodontiste.

— J'ai l'accordéon.

— J'ai ménage.

— Ménage ?

— Oui, tous les mercredis on est obligés de faire le ménage chez nous.

— Moi, je faisais les magasins avec papa.

Dans le bouquet d'excuses, il y avait des médecins, des frères et des sœurs, du football, de l'oubli, des grands-mères, le conservatoire, la maison des jeunes, mais surtout l'indifférence. Les pires à encaisser étaient celles de Denise, sa meilleure amie :

— J'avais la flemme !

Et de Jacques, l'autre délégué :

— Ça ne sert à rien !

« Ils s'en foutent ! Il faudrait trouver un moyen de les intéresser à cette sixième 6 », pensa Margot.

*
* *

Le prof de français servit les rédactions comme un grand chef son plat du jour. Il était fier de ses corrections. Margot fut consternée de voir tant de rouge sur sa belle feuille. Il avait barré la moitié de son travail avec un gros feutre menaçant. Sept traits diagonaux assaillaient son titre : *Savez-vous ce que c'est d'avoir le trac ?* Au-dessus de ces blessures, le nouveau titre proposé triomphait : *Au concours du conservatoire.* Son papier grand format à grands carreaux était transformé par des traits verticaux, horizontaux et des gribouillages divers.

M. Maldonné leur expliqua sa manière de noter les rédactions.

– Je vous invite à lire vos rédactions à tour de rôle. Ensuite vous allez élire le meilleur texte. Ce texte, élu par 50 % des voix exprimées, se verra doté d'un point supplémentaire. Si le texte est élu par les trois quarts de la classe, il bénéficiera d'un second point en prime. Nous allons procéder par ordre alphabétique.

Margot avait du mal à écouter attentivement. À son tour, elle s'efforça de lire à voix très haute avec beaucoup d'expression. Les autres lisaient d'une voix plate et pâle. Margot, qui faisait répéter à sa sœur ses textes pour sa troupe de théâtre, avait une longue expérience dramatique. Elle connaissait presque par cœur *La Cantatrice chauve, Une demande en mariage, Le voyageur sans bagage* parce que sa sœur les avait joués. La lecture de Margot réveilla les dormeurs de la sixième 6. Elle n'eut pas de mal à faire élire son texte à l'unanimité. Même Jean a voté pour elle, mais ça ne l'a pas empêché de lui reprocher :

— Ça va bien comme ça, Miss Chouchou ?

Ça lui faisait $16+1+1 = 18/20$. Elle se vanta de cette victoire devant son père qui lisait les corrections dans un état d'agitation intense.

La première ligne « Mon concours d'alto allait commencer. Je passais quatrième » était devenue sous le feutre exterminateur : « Je suis au conservatoire et je dois passer mon examen d'entrée au cours d'alto. »

— Mais ce n'est pas un examen d'entrée. C'est le concours de fin d'année, s'exclama le papa de Margot scandalisé.

Margot essaya de divertir l'attention de son père et de lui retirer la feuille.

— Ça ne fait rien, papa. Ce n'est pas la peine de le lire. J'ai eu 18 quand même !

— Mais ce que tu as écrit est meilleur que ce qu'il t'impose. Pourquoi barre-t-il « Brusquement, l'un des membres du jury annonça le premier candidat. Des frissons me parcoururent » ? De quel droit change-t-il ta conclusion : « Maintenant vous savez ce que c'est le trac d'un quart d'heure ? » en : « Les minutes que je venais de vivre avaient été terribles. » Je vais aller le voir ! annonça M. Melo.

— Mais non ! supplia Margot. Ça ne fait rien. La prochaine fois, je ferai une rédaction à son goût.

— Justement ! s'indigna M. Melo.

— T'en fais pas ! rassura Margot qui ne comprenait pas ce que voulait dire ce « justement » affolé.

*
* *

Ce « justement » résonnait dans la tête de Margot quand *justement* elle entreprit de rédiger un nouveau texte, comme M. Maldonné le leur avait demandé, sur un autre quart d'heure de sa vie. Elle raconta la fin du CM2, les adieux de son maître, les larmes et la tristesse de ce moment. Mais son œuvre ne lui plaisait pas. Elle en recommença une autre. Titre : *À la recherche d'une idée.* Elle fit très attention aux recommandations du prof, et sa rédaction était à l'image de ses désirs. Justement !

*
* *

Avant de remettre le devoir, Margot discutait avec Nicole.

— Tu as refait ton quart d'heure ? demandait-elle.

— Non ! J'ai oublié. Et c'est pour cet après-midi ! Qu'est-ce que je peux faire ?

— Tu le fais entre midi et deux.

– Je ne peux pas, je vais chez ma tante.

– Écoute ! J'en ai fait deux. Je t'en passe un.

– Chouette alors.

– Mais recopie-le au moins de ton écriture.

– D'accord. Merci !

En cours de français Margot chuchota :

– Tu l'as recopié ?

– Non, je n'ai pas eu le temps. J'ai juste effacé ton nom.

Margot était inquiète. Si le prof reconnaissait son écriture, ou son style ?

– Tant pis, on verra bien.

Un garçon avait rendu le devoir sans écrire son nom.

– Est-ce que je suis supposé deviner ton identité d'après ton style sublime et ton écriture exquise ? pontifia le prof en rendant la copie.

« Ouf ! Je suis sauvée alors » pensa Margot.

Pierre écrivit rapidement son nom en appuyant très fort avec son stylo. L'encre traversa la page et M. Maldonné le prit mal :

– Donnez-moi ce stylo !

Perplexité de Pierre. C'était un beau stylo que son père lui avait offert en rappelant : « Les bons outils font les bons ouvriers. » Ça lui faisait de la peine de se le voir confisquer. Surtout qu'il n'avait pas fait exprès de forcer sur son nom.

Le prof le prit et le jeta avec répugnance à la poubelle. Pierre ne pouvait plus se concentrer et ne quittait pas la poubelle des yeux.

Après cette longue heure de misère, Camille profita de la confusion de la sonnerie et de la sortie de classe pour récupérer le stylo dans la poubelle. Elle rattrapa Pierre, qui, les yeux rouges, recevait les condoléances des camarades.

– C'est dégoûtant!

– Quel salaud!

Camille lui tapa sur l'épaule.

– Tiens! Je l'ai repris!

– Ah, merci, Camille. Pierre soupira de soulagement.

– Bravo, Camille. C'était vraiment courageux! la félicita Margot. «Cette classe de sixième 6 n'est pas si mal que ça.»

*
* *

– Tu viens? Je fais une boum pour mon anniversaire mercredi prochain, l'invita Danielle.

– Je ne sais pas, j'ai peut-être rendez-vous chez le médecin, mentit Margot.

Danielle était la fille la plus populaire auprès des garçons. Margot avait peur de la boum et des garçons.

– Vas-y! ordonna sa sœur. Ils ne vont pas te manger, les garçons. Moi, à ton âge, j'allais souvent à des boums.

– Pourquoi ne pas y aller? lui demanda sa mère.

C'est dommage de refuser une invitation. On ne sait jamais. Tu t'amuseras bien sans doute.

— Il y aura sûrement un gâteau ! encouragea sa sœur.

Ce fut l'argument le plus convaincant. Elle cherchait néanmoins quelqu'un pour lui conseiller de ne pas y aller.

— Papa, tu penses que je devrais aller à la boum ?

— Eh bien, si tu as envie tu y vas et sinon tu n'y vas pas.

« Quel secours ! » pensa Margot.

Elle téléphona à chaque fille de la classe.

— Allô, Denise ? Tu vas à la boum de Danielle ?

— Je ne sais pas encore. Ma mère pense qu'on est trop jeunes pour des boums.

— Quelle chance ! Ma mère veut que j'y aille !

— Toi, tu as du pot.

— Moi, je ne veux pas y aller !

— T'es dingue !

— Ben, dis à ta mère que tous les autres parents sont d'accord.

— Ouais, je vais essayer.

— Je vais téléphoner à Catherine voir ce qu'elle fait.

— Ciao.

— Allô, Catherine ? Qu'est-ce que tu fais pour la boum ?

— J'en sais rien. Elle veut nous faire danser avec des garçons.

— C'est ce que je craignais ! Tu imagines ? Danser avec Jean, ou Olivier, ou François ?

— Quelle horreur ! rit-elle.

— Je vais demander à Annick ce qu'elle fait.

Margot fit le tour des filles en maximisant les menaces de ce contact inopportun avec les garçons et en discutant les détails de la garde-robe appropriée à une boum.

Une semaine de spéculation et de tourment conduisit Margot tout droit à l'appartement de Danielle à deux heures un beau mercredi après-midi.

Dans la chambre de Danielle il faisait nuit noire sauf un spot vert et un rouge. Danielle avait retiré son lit et les meubles pour faire de la place. Elle mit la musique très fort. Les filles dansaient d'un côté, les garçons de l'autre, comme deux équipes rivales de foot qui s'entraînent avant le match.

Margot n'était pas malheureuse. Elle aimait danser. Souvent sa sœur mettait un disque et elles dansaient dans sa chambre. En plus il y avait une table avec des piles de gâteaux, de chips, de bonbons, de sandwiches et elle se servait généreusement.

C'est seulement quand Danielle mit un slow qu'elle paniqua. Une à une, ses amies partaient dans les bras d'un partenaire mâle. Quand Arthur lui tapa sur l'épaule elle fut soulagée et accablée. Elle était contente qu'on veuille danser avec elle mais désolée de ne pas savoir comment danser un slow. Elle secoua sa tête : « Non », fabriqua une excuse et s'enfuit de la fête.

Sa sœur l'attendait.

— Tu t'es bien amusée ?

— Tu peux m'apprendre à danser le slow ?

— Un slow ne s'apprend pas ! lui révéla sa sœur. Un slow, on se laisse aller.

*
* *

À l'approche de la première réunion parents-professeurs, Margot s'obstinait à vouloir faire participer les élèves à la vie du CES. Mais elle n'avait pas d'idées. C'était encore une de ces journées qui s'annonçaient mal avec, comme récompense pour être sortie de son lit, une bonne petite interro de maths en perspective. Margot commença à s'habiller. Elle mit une chaussette puis se rappela qu'elle n'avait pas encore de culotte. Elle enfila la culotte et se demanda ce qu'était devenue l'autre chaussette. Elle se rendit compte alors qu'elle était nue sous son gros pull, elle le retira pour enfiler une chemise de corps et un sous-pull. Elle pensa qu'il valait mieux se donner des ordres et obéir : « Mets ton pantalon ! Brosse-toi les cheveux ! Lace tes chaussures ! »

Ses articulations craquaient et elle n'arrêtait pas de bâiller. Si elle arrivait à sortir entière de sa maison, ce serait un vrai miracle. Cela dit, elle avait oublié de se donner l'ordre de se brosser les dents, et sa bouche était pâteuse. À chaque pas vers la classe de maths, les crampes d'estomac s'intensifiaient. Elle avait la gorge nouée et le cœur qui cognait.

Une fois assise en classe, elle avait la chair de poule. Elle lut l'énoncé sept fois sans comprendre un mot. Les mots d'un prophète lui revenaient : « Ils ont des oreilles mais ils n'entendent pas, ils ont des yeux mais ils ne voient pas. » « Moi, j'ai un cerveau mais il est en panne ! » Margot sursauta et se donna ce dernier ordre : « Reprends-toi ! Ne te laisse pas aller. Tu peux résoudre ce maudit problème ! »

— C'est vachement dur, souffla-t-elle à Denise.

— Mais non, c'est fastoche !

Elle relut et réfléchit, mais la seule solution qu'elle entrevit fut de crier « Au secours ! » Elle se pencha de nouveau sur l'énoncé. « Si on me payait trois cent cinquante rêves chéris contre une réponse parfaite, ben, ciao les beaux rêves. » Margot n'imaginait rien au monde qui lui permettrait de résoudre ce problème ni exhortations, supplications, menaces, ni caresses, chatouilles, gâteries, gavages, même de chocolat – à moins que ce ne soit de chocolat doté de pouvoir mathématique magique. « Bref, fit la voix de ses pensées, je ne pourrai pas faire ce problème pour sauver ma vie ! » C'était donc décidé

— Tu ne sais pas comment le faire ? lui demanda Camille qui avait l'habitude de copier sur la feuille de Margot.

Margot lui fit signe d'un zéro avec son pouce et son index.

L'amertume l'envahit. «Pourquoi tout le monde pense qu'avoir l'esprit matheux est noble, distingué, glorieux, important, impressionnant, splendide, honorable, supérieur et élevé? Moi je pense que c'est idiot, absurde, bête, insensé, ridicule et que c'est de la pure sottise!» Elle aurait aimé continuer sa liste d'adjectifs pour qualifier les maths mais elle ne pouvait pas consulter son dictionnaire des synonymes en pleine interro de maths.

Elle continua son monologue intérieur: «Ce n'est toutefois que mon modeste avis. Je n'interdis pas à celui que ça amuse de faire des maths. La France est un pays libre!» Au moins l'interro de maths lui avait-elle permis de se faire une philosophie sur le sujet et elle ne chômait pas. «Certains estiment même qu'il y a quelque chose de beau dans les mathématiques.» Margot avait parlé un jour avec un chercheur en maths qui l'avait assurée de ce que les maths étaient aussi merveilleuses que la peinture, la musique, l'histoire ou la littérature. Or, pour l'instant, Margot ne trouvait aucun de ces domaines merveilleux. «Mais s'il y prend son pied, tant mieux!»

Sans le faire exprès, Margot se tourna vers Denise qui écrivait à une vitesse diabolique. Accidentellement, elle vit la page couverte de chiffres et elle comprit le problème comme par enchantement. Le déclic. Sa main se débloqua et son crayon s'envola. Au d-r-i-n-n-g de la sonnerie, la solution était transmise de son cerveau enfin réveillé à la copie.

«Ben, les maths c'est pas si méchant!» se rassurat-elle en sortant de la classe.

*
* *

C'est en cours de français que l'inspiration lui vint. À la veille de la réunion fatale parents-professeurs, elle voulait juger ses profs par une note comme eux le faisaient pour elle. Elle établit un tableau qu'elle fit circuler.

Bulletin trimestriel des profs		
Matière	Note sur 20	Appréciations
Français	08	maniaque (très), donne beaucoup de punitions
Maths	12	Assez bien, nous fait beaucoup écrire
Anglais	16	sympa
Histoire-géo	14	gentille
Sciences phys.	11	passable
Sciences nat.	13	sévère, pas assez mûre
Dessin	0	folle, débile, grossière
EMT	16	sympa
Musique	12	fait des efforts
EPS	13	beaucoup de volonté

Êtes-vous d'accord ? Dites-moi ce que vous en pensez.
Margot.

La feuille lui revint avec quelques révisions :
« Français : - 1 avec punition. »

*
* *

La réunion parents-professeurs allait commencer. Les profs étaient alignés comme les jurés du tribunal des affaires en faillite. Les parents, y compris le père de Margot, présentaient un front grave et sobre. L'assaut fut donne par M. Gili :

— Les enfants de la sixième 6 sont effervescents, difficiles à contenir, et leur manque de concentration est certain.

Margot nota ce diagnostic. Prof de sciences nat :

— La sixième 6 ne me donne aucune satisfaction. Il y a des bavardages constants. Aujourd'hui j'ai donné quatre zéros pour bavardage. Je suis écœurée. Ça ne m'est jamais arrivé en vingt ans d'enseignement. Ils ont un petit sourire au coin des lèvres qui n'a aucune raison d'être chez un élève de sixième. Il y a des paires de gifles qui se perdent ! Je suis là pour leur apprendre à travailler scientifiquement et non pour leur tenir tête. Je ne vois pas comment nous pourrons amener cette sixième en voyage à Rome.

Prof d'anglais :

— Six élèves sur vingt-quatre n'ont pas, semble-t-il, les capacités nécessaires pour pouvoir suivre. Il faut vérifier les devoirs de vos enfants. Il faut les aider, les aider, les aider !

Prof de maths :

— Seize élèves supérieurs à la moyenne et huit inférieurs à la moyenne. Ils sont en général trop dispersés, pas assez mûrs, très vite distraits. La classe est divisée en deux clans. Tous les prétextes leur sont bons pour taquiner le voisin. Que faire ? Les envoyer au piquet, faire un rapport au proviseur ? Il y a des personnalités qui pourraient se révéler mais l'atmosphère est bizarre. Je dois leur faire acquérir des connaissances. Quel remède préconisez-vous ?

À ce cri d'alarme un parent accusa :

— C'est vous le prof, pas nous !

Margot réfléchissait très fort. Elle aurait tant aimé trouver une solution à cette catastrophe de sixième !

Elle n'imaginait pas qu'ils feraient un portrait aussi noir de sa classe chérie. Ils étaient de véritables sinistrés du CES. Comment s'en sortir ?

Prof de français :

— Les enfants bien élevés ont des parents bien élevés ! Chez douze élèves, le travail est insuffisant. Il faut suivre mes conseils pour rédiger un texte. Ils n'ont rien appris en primaire. Ils ne sont pas aptes à suivre le programme. Ils sont nuls.

Prof de dessin :

— Ils sont épuisants, bruyants et carrément insolents !

Histoire-géo :

— Je n'ai pas à me plaindre. C'est une classe qui vit, qui participe plutôt bien en général, avec deux ou trois têtes de file qui donnent l'impulsion aux autres.

Ces mots ne tombaient pas dans l'oreille d'une sourde. Margot pensa trouver dans cette phrase la clef qui permettrait de sauver la classe du naufrage. « Il faut donner l'impulsion aux autres. »

M. Gili résuma la disgrâce :

— C'est une classe assez hétérogène, avec une bonne tête, certes, mais trop d'élèves dépassés. Le manque de travail est évident.

Personne n'avait rien demandé aux délégués de la classe et ils n'osaient pas trop intervenir dans ce monde de profs et de parents.

Mais Jacques ne se contenait plus. Il demanda la parole. Ses parents étaient absents. Son père, ouvrier serrurier, n'était pas rentré du travail, et sa mère était trop occupée. Il commença son discours :

— Je comprends pourquoi on a besoin d'apprendre le français : pour ne pas faire des fautes d'orthographe quand on tape des lettres pour le patron. Je comprends qu'il faut apprendre les maths pour ne pas faire d'erreur dans les comptes du patron. Mais je ne comprends pas pourquoi il faut apprendre l'histoire.

Voilà ! Il l'avait dit.

Margot admirait son culot. Jacques voulait absolument ramener la réponse à ses parents.

Les profs reculaient dans leurs tranchées, ne sachant trop quoi répondre. Devant leur gêne, le proviseur offrit la solution suivante :

— Tu poseras des questions quand tu seras plus grand.

Mais M. Melo se leva, regarda Jacques dans les yeux et lui dit :

— Il faut apprendre l'histoire pour comprendre comment ton patron est devenu ton patron !

Bien que la réponse du papa de Margot dût donner un nouveau courage à Jacques vis-à-vis du cours d'histoire, et bien que Margot fût fière de son père, elle se sentait plutôt lâche et faible en tant que porte-parole de la base ; mais elle ne voyait vraiment pas quoi proposer. Sauf de dire aux profs que si les cours étaient un peu plus intéressants les élèves participeraient plus en classe. Elle avait quelques arguments pour défendre ses camarades de classe, car si les trois quarts de la classe n'avaient pas « le niveau », peut-être que c'était ce « niveau » qui était à blâmer et non les élèves.

Margot ne voyait pas comment traduire l'ennui de ces longues journées en propositions positives. Comment mendier un peu de temps pour ne rien faire, pour rêver, pour traîner.

Elle avait beaucoup à dire mais elle ne dit rien. Elle transmettrait ses impressions avec le compte-rendu à ses camarades. C'est tout.

Elle sortit de la réunion confortée dans son désir d'agir. Mais comment?

6

Exactement comme sa mère le lui avait prédit, Margot se sentait déjà une vieille, une très vieille élève de sixième. Après les vacances de Noël, elle était entièrement rodée, et endurcie. Bien qu'en tête de sa classe, elle ne voulait pas relâcher ses efforts et elle fut ravie du cadeau que ses parents lui offrirent : un magnétophone. Ainsi, elle s'écoutait répéter ses récitations, lire ses leçons d'histoire, redire ses phrases d'anglais. Quel outil de travail ! Elle l'amena en classe, le jour de la rentrée, au premier cours de la nouvelle année pour enregistrer le prof.

Elle ne fut pas la seule à arriver à l'école avec un cadeau. Trois élèves de la sixième 6 s'assirent discrètement en salle 219 avec des walkmans. Le petit casque enfermait la musique dans leurs têtes et les rendait imperméables à la leçon d'anglais. Ils donnaient l'impression d'être sur une autre planète, se balançant au rythme d'une musique muette et imperceptible avec un sourire incompréhensible sur leurs lèvres qui articulaient des mots fantômes.

Six autres, bénéficiaires de jeux électroniques, jouaient avec prudence, le jeu posé sur leurs genoux, sous la table. On entendait une chorale de courts bip-bip mystérieux venus des quatre coins de la salle. Un élève sérieux faisait des maths sur une calculatrice musicale qui, de temps à autre, surprenait toute la classe avec la mélodie de *Happy birthday to you*. Son voisin était l'heureux propriétaire d'un flipper de poche et il lui prêtait toute son attention. Arthur, lui, se contentait de poursuivre son projet de l'année : scier son bureau en deux avec une lame de rasoir. Le prof, impassible, continua son cours, mais l'enregistrement de Margot était brouillé par des sons étranges.

N'empêche que le prof d'anglais n'avait pas l'air dans son assiette après ces vacances. Il était comme gêné par l'activité électronique qui régnait dans l'atmosphère, mais il ne savait pas précisément ce qu'il y avait d'inhabituel ; il avait simplement l'impression plus forte que jamais de cracher ses phrases anglaises dans le vide. La sixième 6 n'était certes pas la meilleure classe qu'il avait eue dans sa carrière d'enseignant, mais elle n'expliquait pas à elle seule l'ampleur croissante de son malaise.

Il pensa à sa belle-mère qui était venue passer l'hiver au soleil, chez lui ! Il remâcha les journées ennuyeuses de ses vacances ratées. Il tâta son embonpoint, conséquence fâcheuse des excès des fêtes.

Il compta les années qu'il avait passées là, en classe, à jeter des perles à ces singes qui gigotaient devant lui. Son regard parcourait la salle. Avec calme, il déclara :

— Punition collective : vous avez deux heures de colle mercredi matin.

Le choc de cette secousse saisit les élèves qui rangèrent rapidement leurs jeux extrascolaires. Ils fixèrent le prof avec un étonnement silencieux. Quand soudain il cria :

— Trois heures de colle !

Le ton de sa colère monta :

— Et si vos parents ne sont pas contents, ils n'ont qu'à venir me voir !

De plus en plus fort :

— Et si vous n'êtes pas contents, vous n'avez qu'à le dire au proviseur.

Il ressemblait à un jouet mécanique que l'on remonte avec une clef, mais, lui, il se remontait tout seul.

— Vous n'avez qu'à écouter de temps en temps. Vous n'avez qu'à travailler comme il faut.

De son dernier souffle, il hurla :

— Et si vous n'êtes pas contents, sortez !

Les élèves restèrent sur place, paralysés et effrayés.

— Oui, sortez, sortez d'ici et tout de suite. Et si vous n'êtes pas contents, ne revenez plus !

L'ordre fut tellement explicite qu'il n'y eut pas

d'autre option que d'obéir. Le troupeau sortit d'un seul mouvement, hébété par la tempête qu'il venait de subir. Les élèves ne savaient pas où aller jusqu'au prochain cours. Ils suivirent Margot qui s'assit sur un banc dans la cour ensoleillée, les coudes sur les genoux, et prit sa tête dans ses mains. C'était sa position favorite pour réfléchir.

Au bout d'un long moment, elle annonça :

— Écoutez, ça ne peut pas continuer comme ça...

Enfin son idée apparut. Elle rêva à haute voix :

— Pourquoi ne serions-nous pas comme la sixième 2 adorée, dont M. Maldonné nous parle tous les jours. Nous ne sommes pas plus bêtes qu'eux.

On l'écoutait attentivement.

— C'est vrai, affirma Christian. On n'est pas aussi bêtes qu'ils le disent.

— Écoutez, reprit Margot, on n'a qu'à se mettre vraiment à travailler. Mais tous ! On n'a qu'à décider qu'on va tous travailler. On n'a qu'à faire le pacte de devenir la meilleure sixième de l'établissement.

L'enthousiasme de Margot était contagieux.

— Écoutez, il faut décider de tous réussir la sixième. Tous ou personne. S'il y a un seul élève qui doit redoubler, alors on redouble tous !

Et comme si elle lisait dans les pensées de Catherine qui était une bonne élève, elle continua :

— Les forts aideront ceux qui ont du mal à rattraper le niveau. Il faut qu'on arrive à avoir tous la même note. On peut faire des équipes avec un bon et deux mauvais.

– Chouette ! Super ! applaudirent Arthur et Philippe.

– Ça ne peut pas marcher, jugèrent Catherine et Annick.

– Ça va marcher ! protesta Margot.

Le soir, Margot créa un nouvel alphabet : *L'ABC Solidarité Sixième Six* qui servirait de traité d'accord :

A	attention	N	notez
B	brillez	O	organisation
C	courage	P	patience
D	discipline	Q	qualité
E	effort	R	réussite
F	fonctionnez	S	sérieux
G	générosité	T	travaillez
H	habileté	U	urgence
I	intelligence	V	volonté
J	jugement	W	double volonté
L	leçons	Z	zèle
M	motivation		

Comme d'habitude, les K, X, Y la gênaient mais elle s'en était bien sortie avec le W.

Le lendemain, Margot fit signer le traité par tous les élèves de sixième 6. Elle l'enferma dans une poche secrète de son cartable et se mit immédiatement à l'œuvre en aidant Camille à réviser les dates de l'histoire de Rome. Ça l'aiderait à apprécier cette ville lors du voyage proposé aux sixièmes du collège au printemps.

— Papa, demain matin je suis prise. On a trois heures de colle, dit Margot honteuse.

M. Melo était étonné par l'histoire de la punition collective.

Le mercredi matin, condamné par trois heures de colle, le prof d'anglais fit l'appel. Arrivé au nom « Margot Melo », il fut surpris par une voix grave qui répondit : « Présent ».

Il leva les yeux de la liste et vit un homme barbu, dans lequel il reconnut le père de Margot, assis à la table de sa fille, mais il ne sut quoi dire.

M. Melo lui fournit l'explication :

— Ma fille a trop de travail, alors je suis venu à sa place.

Trop dérouté par cette présence adulte, le prof d'anglais libéra la sixième 6 de cette fessée spirituelle.

D'habitude, Margot n'adorait pas qu'on copie sur sa feuille pendant les interros. Parfois elle était même tentée d'écrire une réponse fausse pour tromper le pompeur. Mais, à cause de sa détermination à relever le niveau des élèves faibles, elle voulait partager son savoir avec ses camarades. Au lieu de camoufler la copie derrière son bras, elle la laissa le plus en évidence possible. Camille et d'autres voisins eurent libre accès à ses réponses. Ils eurent seize chacun. Pour Camille, ce fut la meilleure note de sa vie.

Margot jubilait.

– Tu sais, maman, ça peut marcher. Tu vois, j'ai fait réviser l'histoire à Camille et elle a eu une bonne note !

Le téléphone n'arrêtait pas de sonner chez les Melo :

– Je peux parler à Margot ?

– Margot est là ?

– J'aimerais discuter avec Margot, s'il vous plaît.

La sœur de Margot qui attendait des coups de fil devenait folle à faire la secrétaire de sa petite sœur. M. Melo n'aimait pas non plus être dérangé pendant les repas, au milieu des informations ou à n'importe quel moment.

Et Margot passait son temps à expliquer les exercices, à corriger l'anglais, à répéter les devoirs à ceux qui n'avaient pas fait attention. Elle travaillait pour les autres et elle travaillait pour elle. Elle se sentait un peu abrutie.

– Maman ! J'ai perdu mon cahier d'histoire-géo.

– Cherche bien !

Margot passa la soirée à soulever chaque pile de livres, à vider ses tiroirs, ses étagères, son cartable. Puis elle passa à la chambre de sa sœur.

– Je ne l'ai pas vu, l'assura Anne.

Ses parents cherchaient avec elle, mais sans succès.

Margot dormit mal. Au matin, elle se rappela : « Que je suis bête, je l'ai prêté à Arthur la semaine dernière. » Son cahier de physique était chez Camille, son cahier de maths chez Danielle, son classeur de français logeait chez Christian. L'activité « solidarité-sixième » battait son plein.

— Margot, tu peux m'aider pour ma rédaction ? Je n'ai pas d'idées, lui demanda Camille.

— C'était justement ça, le sujet de ma rédaction : *À la recherche d'une idée.* Tu peux faire pareil — écrire toutes les idées qui te sont passées par la tête pendant un quart d'heure.

Margot chercha sa rédac. Elle lut :

— *Voilà, je m'installe et je cherche un sujet de rédaction. Ma mère me propose un tas d'idées, mais aucune ne me plaît. Je réfléchis, au coin du feu… De temps en temps, ma sœur me lance un thème mais rien ne m'intéresse vraiment : mon voyage en Amérique, mon stage de poney, etc.*

Soudain, le feu, si flamboyant il y a une minute à peine, s'éteint. Mon père qui l'entretenait m'envoie chercher du bois.

Me voici dans le jardin à couper des bûches, je cherche toujours une idée, mais je n'ai aucune inspiration. La scie va et vient, mais mon cerveau reste au point mort. Je fais une petite prière :

« Cerveau, une idée

toute petite, s'il te plaît. »

Je crois que ça n'a pas marché. Je me gratte la tête, je la caresse, je la frappe mais l'idée reste cachée et ne veut pas se montrer. Je mets le bois dans le panier, je le dépose près de mon père et je monte dans ma chambre où j'écris tout ce qui vient de m'arriver.

Je pense que faire une rédaction, c'est un très grand souci.

— C'est bien ton texte, comme d'habitude, mais moi je n'arrive pas à écrire. Ça m'énerve. Tu ne peux pas m'en écrire une ?

C'était difficile de répondre « non », mais Margot ne pensait pas qu'aider voulait dire « faire à la place de ».

— Je t'assure que tu peux. Il suffit de te concentrer un moment.

Camille la quitta furieuse pour rejoindre un groupe de filles de l'autre côté de la cour.

— Tu peux m'expliquer l'exercice de maths ? demanda Danielle.

Margot lui montra son exercice, ainsi qu'à trois autres élèves qui le lui avaient demandé à tour de rôle.

Elle commença à penser : « Ils n'ont qu'à écouter eux aussi. »

— Ils exagèrent ! dit-elle à Denise.

— Tu peux me faire voir tes réponses aux questions d'anglais ? exigea Esther.

— Montre-moi les tiennes et je te dirai si tu as fait juste.

— Je n'ai pas eu le temps et il faut le rendre cet après-midi.

— Bon d'accord !

Elle n'avait pas la force de refuser mais des doutes sur sa grande idée de solidarité sixième 6 s'infiltraient dans sa conscience comme les nuages dans un ciel bleu d'azur. «Le prochain qui me demande un devoir, je l'envoie balader.»

— Prête-moi ton cahier d'histoire, lui dit Jean.

Ce n'était pas une question, c'était un ordre.

— Que faisais-tu pendant le cours ?

— Je n'ai pas fait attention !

— Alors, tant pis, je ne te le passe pas.

— Alors je ne joue plus à ton jeu, ma chouchou.

— Eh bien moi non plus, mon coco !

C'est comme ça que le plan de redressement de la sixième 6 est tombé à l'eau, s'est noyé sans laisser de trace. On continuait à demander l'aide de Margot qu'elle continuait à donner quand elle ne se sentait pas trop lasse.

Elle continuait à recevoir des regards empoisonnés de Jean. Quand elle discutait avec Jacques, Jean n'était jamais loin pour demander :

— Tu m'invites au mariage, la chouchou ?

Plus elle collectionnait de bonnes notes, moins elle avait d'amis. Même Denise prenait des distances pour se promener dans la cour avec Annick et Danielle. Si elle n'avait pas une seule amie, comment irait-elle au voyage à Rome ?

— Je n'ai plus d'amis. Tout le monde me déteste, raconta-t-elle à sa sœur.

– Ben, tu ne peux pas avoir les meilleures notes et aussi avoir des amis. Il faut choisir dans la vie ! dit son aînée avec sa sagesse supérieure.

– Pourquoi ?

– C'est comme ça !

« Me voilà dans de beaux draps, pensa Margot, moi qui veux et de bonnes notes et des amis. »

*
* *

Heureusement il y eut un nouvel espoir de changement dans l'air. Leur professeur principal arriva en classe un jour avec une grande nouvelle. Margot avait de la peine à retenir son soulagement à l'idée que quelqu'un prenait enfin le relais.

– Papa ! cria-t-elle en claquant la porte, il va y avoir une réforme.

– Quelle réforme ?

– Une réforme du CES. On va peindre les murs des classes. On va pouvoir parler aux profs. Il y aura moins d'heures de cours, de meilleurs plats à la cantine, des voyages.

– Qui t'en a parlé ?

– M. Gili nous a demandé comment on aimerait changer l'école. Et il n'y a pas classe lundi prochain parce que les profs, les élèves et les parents vont réfléchir pendant une journée aux propositions de la commission qui a élaboré la réforme. Tu viens avec moi ?

– Oui, bien sûr, si je peux me libérer.

*
* *

Le lundi de réflexion, Margot et son père partirent pour le CES. Margot montra à son père son joli raccourci, qui n'en était pas vraiment un, mais qui empruntait une ruelle sans voitures. La grille du CES était fermée comme un tombeau. Il fallut faire un grand détour pour arriver à l'entrée principale. La cour ressemblait à un désert. M. Melo se renseigna :

— Où a lieu la réunion sur la réforme ?

Le gardien se gratta la tête et réfléchit :

— Ah oui, au troisième étage.

Ils montèrent et regardèrent à travers les vitres des portes. Il y avait différentes commissions. Ce n'était pas la foule. Ils entrèrent dans une salle où se trouvaient quatre personnes plus un chien. Margot ne vit aucun élève, juste quelques parents qu'on pouvait compter sur les doigts de la main gauche et quelques profs qu'on pouvait compter sur les phalanges des pieds.

Ils parlaient de la possibilité, ou plutôt de l'impossibilité, d'instaurer la journée continue au CES.

— Si les enfants sortent plus tôt, que feront les parents qui travaillent ?

— Comment vont-ils manger ? demanda une maman.

— Comment pourrait-on boucler le programme avec moins d'heures de cours ? demanda un prof.

– Enfin, c'est très gentil de vouloir tout changer, mais il faut nous donner le temps de réfléchir et de mettre ça en place. D'ailleurs, je ne vois pas comment on pourrait tout préparer pour la rentrée prochaine.

Un parent interrompit timidement :

– Je pensais que la réforme allégerait le programme pour faire place à une ouverture sur l'extérieur : aller au musée, au concert, au théâtre, initier aux différents métiers en invitant des conférenciers de diverses professions à présenter leur travail aux enfants, faire des promenades dans la nature...

– Oui, tout ça c'est bien beau, mais qui va nous fournir les cars pour les trajets ? Qui va trouver l'argent nécessaire ? Qui va payer la facture ? pleurnicha le prof.

Margot ne tenait plus en place. Elle leva le bras pour attirer l'attention sur elle.

– J'ai une idée qui ne coûte rien. Pourquoi ne commence-t-on pas par changer le nom « école » ? L'école, ça rappelle de mauvais souvenirs. C'est devenu synonyme de prison ; on est enfermés dans des cubes grisâtres en gros de huit heures du matin jusqu'à cinq heures de l'après-midi, la barrière ne s'ouvrant que pour faire entrer ou sortir les prisonniers à heures fixes. Si on change le nom, on changera l'idée qu'on s'en fait, et on repartira de zéro.

– Là n'est pas la question, estima le prof, mais qu'est-ce que tu proposes à la place ?

– Je n'ai pas réfléchi. On pourrait organiser un concours pour rebaptiser l'école en donnant des exemples : le pré du savoir, la réunion de la recherche, le champ de la vie. Je demanderai à mes camarades.

– Tu imagines ? *Le champ de la vie du Parc des Grands Pins* sur les lettres officielles, dans les journaux, sur les bulletins trimestriels ?

– À propos, y aurait-il des bulletins après la réforme ? demanda une mère.

– Comment peut-on faire sans contrôles de connaissances et sans notes ? Comment pourra-t-on mesurer le savoir ?

Dans la tête de Margot une phrase s'installait :

– Plus ça change, plus c'est la même chose.

En écoutant les adultes « réfléchir », elle ne voyait pas comment le CES pouvait changer d'ici à l'année prochaine. Elle sortit de la réunion sachant qu'il faut changer les idées des gens pour pouvoir changer quoi que ce soit. Et elle commençait à se rendre compte que ce n'était pas une tâche aisée.

Elle se mit à rêver à son champ, son pré et sa réunion. Dans son rêve, les enfants décidaient du programme avec les profs qui, eux, travaillaient ensemble. Ainsi l'histoire-géo ne serait pas complètement détachée des sciences nat qui seraient liées à la littérature et au reste. Par exemple, en sciences nat la prof avait parlé de l'évolution des espèces. Le prof de français aurait pu étudier avec eux les textes de l'époque de

Charles Darwin et, en histoire, ils n'auraient eu qu'à se pencher sur cette période.

Sa tête bourdonnait d'idées et de rêves pour une école à son goût. Elle avait lu un article dans un magazine qui racontait l'histoire de l'école en France. Elle savait qu'il y avait eu beaucoup de progrès depuis Charlemagne... mais elle était certaine qu'il y avait beaucoup de progrès à faire encore. Ce qu'elle ne savait pas, c'est si elle aurait la patience d'attendre beaucoup plus longtemps.

7

En attendant, elle suivait les instructions de M. Mal-donné et relisait *Les lettres de mon moulin* d'Alphonse Daudet. Elle n'était, au sujet de ces nouvelles, ni enthousiaste ni hostile. En vérité, elle les connaissait déjà. À la maternelle, la maîtresse leur avait lu *La chèvre de Monsieur Seguin*. Il y avait à l'époque une fille dans sa classe qui s'appelait Hélène Seguin et les enfants se moquaient d'elle en lui disant : « Ah, la petite chèvre de Monsieur Seguin ! » Margot se sen-tit bébête à l'idée de lire une histoire de maternelle en sixième.

Son prof s'agitait devant le tableau noir. Il était plus excité que d'habitude, presque content de ce qu'il allait leur apprendre.

— Vous allez copier les noms des trente-deux vents de Provence qui sont décrits dans le moulin de Daudet à Fontvieille.

Margot prit sa plus belle écriture pour élaborer sa liste :

Temps dré	Vent de bas
Montagnero	Foui
Ventouresco	Vent taro
Aquieloun	Labé
Cisampo	Vent di damo
Gregav	Poument au
Aura Bruno	Roussau
Levant	Narbounes
Auro Rousso	Traverso
Vent blanc	Manjofango
Marin blanc	Cers
Eissero	Mistrau
Auro Caudo	Vent d'au
Vent de souleu	Biso
En bas	Auro dreche
Marin	Tramountano

Elle essaya tout de suite de faire un alphabet des vents, mais elle vit que cela ne pouvait pas marcher, même en éliminant les J, K, Y, X, W, Z.

Mais Margot était ravie, tout simplement ravie, par ce nouveau savoir. Elle n'avait jamais appris une aussi jolie chose que ces noms de vents. Elle se sentait désormais propriétaire du vent, mais elle se rendit compte qu'elle ne savait pas identifier chacun d'eux. Elle aurait aimé se trouver au sommet des Alpilles pour les rencontrer, et pouvoir les désigner comme des amis familiers : « Tiens, c'est le vent Levant » ou « Tiens, c'est le Manjofango. » Elle se demandait s'il y avait des noms pour les nuages et les vagues.

Elle voulait poser une question : « Qui a nommé les vents ? » Mais, à la minute même, M. Maldonné ordonna :

— Vous les apprendrez par cœur pour demain et vous répondrez aux questions sur *Le secret de Maître Cornille.*

La sonnerie déclara l'heure finie.

*
* *

Pendant la récréation de la cantine, Margot apprenait ses vents par cœur. Ses amies sur le banc riaient et faisaient du bruit.

— Qu'est-ce que vous faites ? interrogea-t-elle.

— On fait une liste.

— Une liste de quoi ?

— Une liste des *plus* de la classe.

— Plus quoi ?

— Tiens, regarde.

Margot lut la liste :

La plus belle de la classe	Danielle D.
La plus mignonne de la classe	Camille L.
La plus moche de la classe	Annick T.
La plus idiote de la classe	Margot M.
La plus sérieuse de la classe	Denise C.
La plus gentille de la classe	Catherine P.
La plus intelligente de la classe	Nicole O.
La plus douée de la classe	Esther M.
Le plus énergique de la classe	Jacques M.

Le plus séduisant de la classe	Arthur H.
Le plus marrant de la classe	Dan O.
Le plus embêtant de la classe	Jean C.
Le plus mince de la classe	Pierre P.
Le plus travailleur de la classe	Philippe B.

– On n'a pas fini.

– Pourquoi je suis la plus idiote ? gémit Margot.

– T'en fais pas, c'est juste pour rire.

Ça ne la faisait pas rire d'être couronnée la plus idiote, même si c'était une blague. « Qu'est-ce que je suis, en fait ? La plus quoi ? J'aimerais plutôt être la plus sympa, la plus chaleureuse, la plus vivante, la plus super ! Et voilà, à force de tant vouloir, je suis élue la reine des imbéciles. »

Elle n'avait pas envie de pleurer, mais son moral tomba bien bas. Elle n'était plus sûre de vouloir aller avec les sixièmes visiter Rome mais, dans le fond d'elle-même, elle en avait encore envie. Le menu de la cantine n'arrangea rien. C'était le plat qui battait presque la choucroute sur le terrain du dégoût. La paella formait une montagne difforme qui grouillait de bêtes infâmes genre moules, crevettes et objets morts non identifiables. Margot n'y toucha pas. Pour camoufler son insulte au chef, elle aida les dames de service à nettoyer les tables. Elles la récompensèrent en lui offrant un supplément de paella. Elle refusa gentiment :

– Je n'ai plus faim.

Elle invoqua son faible appétit et son régime tout en se bourrant de pain derrière leur dos. L'orange solitaire qui composait le dessert ne lui remonta pas le moral. C'est bien ce qu'elle avait entendu : « Des oranges pour les prisonniers. »

Elle révisa ses vents. À cause de cette histoire de vents, le petit volume de Daudet se mit à l'intriguer. « Peut-être qu'il parle des vents dans *Les lettres de mon moulin.* » Elle alla au-delà de son devoir et lut tout le livre avec une déception grandissante. Il y avait une allusion par-ci par-là aux vents, mais rien de précis. Margot ne comprenait pas pourquoi, parmi la vaste et prétendue merveilleuse littérature française, on ne lui donnait que ces contes vieillots, périmés et fades. Elle tomba sur un paragraphe typique, difficile à lire, inintéressant pour elle :

« *Personne aux champs… Notre belle Provence catholique laisse la terre se reposer le dimanche [...] De loin en loin, une charrette de roulier avec sa bâche ruisselante, une vieille encapuchonnée dans une mante feuille morte, des mules en tenue de gala, housse de sparterie bleue et blanche, pompon rouge, grelots d'argent — emportant au petit trot toute une carriole de gens de mas qui vont à la messe ; puis là-bas, à travers la brume, une barque sur la rubine et un pêcheur debout qui lance son épervier…* » et bla bla bla. Margot ne se sentait pas concernée. Elle habitait cette Provence mais était davantage attachée à la ville, et puis elle aurait préféré lire une histoire d'amour.

D'ailleurs, c'était une période où elle n'aimait plus lire du tout.

Dans l'ennui total, elle répondit aux questions à la fin de l'histoire avant d'annoncer à sa mère son désir de participer au voyage des sixièmes à Rome.

— Combien ça coûte ?

— Mille francs, chuchota Margot en essayant de minimiser cette somme astronomique.

— Mille francs ! Pour deux jours à Rome ? Et toute la classe y va ? Les gens sont fous !

— Pas toute la classe. Mais c'est très éducatif, culturel, enrichissant.

— Moi je crois que deux jours à Rome, ce n'est rien du tout.

— Tu lui as bien payé le voyage à Florence ! hurla Margot en pointant le doigt vers sa sœur.

— Tu veux vraiment y aller ?

Margot hocha la tête en rêvant aux couchettes dans le train de nuit et au pique-nique qu'il faudrait emporter pour dîner dans le train.

— Bon, on va en discuter avec papa. Je ne vois pas comment on peut te le refuser si tes copines y vont. De toute façon, tu le mérites.

Margot embrassa fiévreusement sa mère, à qui il ne restait plus qu'à informer son mari.

8

Le hall de la gare se remplissait de parents et d'enfants. Quelques profs essayaient de rassembler leur groupe et de faire l'appel d'après les listes qu'ils tenaient en main. Margot pria pour ne tomber ni dans le groupe de Jean ni dans le groupe d'Annick ni dans le groupe de Camille. Manque de chance, elle se retrouva avec les trois.

Dans le train, plusieurs transactions eurent lieu. Elle fut d'abord installée auprès d'Esther, mais un prof lui demanda gentiment de changer de place avec Camille. Dans son nouveau compartiment, avec cinq inconnues, elle fut reléguée sur la couchette du bas alors qu'elle avait tant envie de la couchette supérieure. Les cinq filles n'arrêtèrent pas de rire toute la nuit, mais, vers trois heures trente, Margot parvint à s'endormir.

Sa mère lui avait demandé de tenir le journal de bord de son voyage à Rome pour avoir au moins un souvenir écrit qui vaille les mille francs.

Elle écrivit :

Le petit déjeuner était exquis : cake, confiture, chocolat au lait, pain. Les profs ne savaient pas à quelle gare il fallait s'arrêter. On est enfin sortis du train. À la gare un bus nous attendait. Je suis dans le bus. J'ai réussi à changer de groupe. Je suis avec Esther et Denise. Il y a un embouteillage monstre. Il y a des tramways. Nous avons rendez-vous au Vatican. On ne nous a pas dit avec qui. On nous a prévenus de bien tenir nos sacs, car il y a des risques de vol.

Nous y voici.

La visite a été ennuyeuse, triste et sans fin. On m'a accusée d'avoir été à l'origine du bruit dans mon compartiment. J'ai pleuré de rage. Je crois que j'ai de la fièvre. Le Vatican ne m'a pas plu.

Enfin je suis à l'hôtel qui est super. Je sors avec Esther et Denise. Je vais manger mon repas maintenant. Je suis contente car j'ai acheté des cartes postales.

Menu midi :

Pâtes à la sauce tomate

Viande au vin blanc

Pommes de terre sautées, épinards

Glace (qu'on appelle « gelati » à Rome)

Tout le monde a tout mangé sauf les épinards.

Après le repas, je suis montée dans ma chambre mais je me suis trompée de numéro, c'est alors que je me suis aperçue que ma clef ouvrait toutes les portes de mon étage et que les autres clefs n'ouvraient pas la mienne. Super !

Je suis de nouveau dans le car.

Nous allons visiter le Panthéon. Nous y voici.

Le guide donne des explications, et soudain une pierre se décroche et tombe sur un jeune homme, heureusement pas de notre groupe. La pierre se fend en deux sur son crâne. Il a du sang partout. L'ambulance et la police arrivent. C'était le Panthéon.

Maintenant nous sommes à la fontaine de Trévise où l'on jette de l'argent en faisant un vœu. Esther n'est plus très sympa avec moi. Elle l'est avec Camille. De seize heures trente à dix-huit heures, on avait quartier libre et j'ai acheté des trucs. En revenant il y avait plein de circulation. Je vais manger.

Repas du soir : soupe, pommes de terre bouillies, viande, salade, tarte.

Esther a fait pipi dans sa culotte. Il est huit heures, et mes camarades de chambre sont parties à une petite boum. J'espère que je vais bien dormir.

Elles sont vite revenues, il n'y avait pas de boum. Elles se sont promenées dans l'hôtel sans but et n'ont rien trouvé d'intéressant.

Petit déjeuner : pain, beurre, confiture, café. J'ai pris une tasse entière de café noir mais je n'en ai bu qu'un huitième.

Nous avons visité le Forum, où il faisait très chaud. Ensuite le Colisée.

Repas à l'hôtel : pâtes à la bolognese (et grâce à mon faux italien « Senza formaggio » les serveurs m'en ont donné double portion, hum !), haricots verts, pommes sautées, gelati.

L'après-midi nous avons visité des villas. La première

était immense et ressemblait à une ville entière : théâtre, cirque, maison pour les invités, stade, etc. Je ne me rappelle pas comment ça s'appelle. La deuxième, la Villa d'Este, était magnifique, mais nous n'avions pas beaucoup de temps et nous n'avons visité que le jardin qui se compose principalement de fontaines – une fontaine comportait 280 jets d'eau.

Il était cinq heures et demie et nous avions un quart d'heure pour faire quelques emplettes. Je suis allée avec Denise qui a trouvé : une peluche, une pierre, un baromètre, une cravate, une boîte. C'est alors que je me suis aperçue que je n'avais presque rien acheté, et le quart d'heure s'était écoulé. Denise est retournée au car et moi j'ai retrouvé les profs dans une boutique où j'ai vu un bonhomme en bois peint tenant des cure-dents qui me plaisait. Je l'ai pris. Ensuite les profs m'ont dit de retourner au car. Mais j'avais peur d'y aller toute seule. Par chance, j'ai rencontré des copines qui voulaient aussi rentrer. Nous avons vadrouillé et, enfin, nous avons trouvé le parking, mais il y avait tant de cars qu'il était impossible de reconnaître notre bus parmi les douzaines d'autres. Arrivées les dernières, nous nous sommes installées. Un prof faisait la quête pour remercier le guide.

Dîner à l'hôtel : avant d'aller à la gare nous avons fait un petit tour dans la nuit romaine. C'était super chouette.

Je suis dans le compartiment avec les mêmes filles qu'à l'aller.

Personne ne veut céder la couchette supérieure.

J'ai dormi jusqu'à sept heures.

Je suis chez moi à présent, revenue de mes grands voyages dans le monde.

*
* *

Depuis quelque temps, Margot avait remarqué un changement dans le comportement d'Arthur. Avant le voyage à Rome, elle le surprenait souvent en train de jeter des regards dans sa direction. Pendant les récrés, il venait jouer au foot juste devant le banc où elle était assise. Quand le prof leur parla du voyage à Rome en demandant qui serait intéressé, Arthur attendit la main levée de Margot avant d'agiter la sienne.

À Rome, elle avait l'impression qu'il la guettait. Il y avait toujours une place vide à côté de lui dans le bus, qu'il cédait seulement une fois que Margot s'était assise définitivement ailleurs. Il rôdait auprès d'elle, pendant les explications du guide au Vatican, au Forum, au Colisée et à la Villa d'Este. À table il lui offrit timidement ses desserts.

Après le voyage, elle avait l'impression encore qu'il la suivait. Un jour, en français, elle lut sa rédaction à la classe.

Un bonhomme de grêle

Il a tant grêlé cette nuit que toutes les rues sont couvertes d'une épaisse couche blanche. L'immense cour du collège n'échappe pas à la règle. Je suis très excitée. Pour fêter l'événement, nous entreprenons la fabrication d'un bonhomme de grêle.

Je commence à former son tronc pendant que mes amies modèlent un visage. Peu à peu, notre protégé s'élève. Il doit atteindre un mètre. Cela nous paraît suffisant. Nous lui posons la tête. L'assemblage est parfait. Trois filles de cinquième passant par là proposent de nous aider. Nous ne refusons pas. L'une d'elles trouve un bonnet que nous ajustons sur le crâne chauve de notre personnage et une autre trouve des olives que nous mettons pour les yeux. Nous plaçons une pierre en guise de nez et deux bâtons pour les bras. Nous le décorons de fleurs jaunes. Notre homme de glace est sensationnel.

Nous nous réjouissons de notre œuvre, mais il a l'air si seul que j'espère qu'il grêlera encore pour lui créer une femme.

Comme d'habitude, son texte fut élu. Margot entendit chuchoter :

— L'amour ne dure pas plus longtemps que la glace.

Elle se retourna et vit que la remarque était émise par la bouche d'Arthur.

Ce même jour, Arthur l'approcha entre deux cours. Il bégaya :

— Qu'est-ce que tu fais après l'école ?

— Mes devoirs ! répondit Margot avec conviction.

— Non, mais après ?

— Je mange.

— Non, je veux dire le soir, après dîner.

— Je me couche et puis je dors.

— Ah bon ! soupira-t-il ne sachant comment orienter une autre question.

*
* *

Dans les semaines qui suivirent cette tentative d'établir un contact avec Margot, Arthur fit, comme par hasard, ses courses chez l'épicier, chez le boulanger et à la maison de la presse du quartier de Margot. Elle l'aperçut au moment où elle payait sa baguette.

— Tu habites par ici ? lui demanda-t-elle, étonnée de le voir.

— Non, j'aime essayer des pains différents.

— Ah bon.

*
* *

Quand elle le trouva pratiquement devant sa maison, elle le questionna :

— Tu as des amis dans ma rue ?

— Non, j'aime me promener dans des rues inconnues.

— Ah bon !

Il n'osa pas dire combien il aimerait avoir une amie dans sa rue.

*
* *

Elle ne savait pas comment il en était arrivé à choisir la même piscine qu'elle au même moment, ou le même parcours de vélo deux jours plus tard, mais il lui semblait qu'il l'espionnait d'une façon extrêmement efficace.

Denise lui confia :

— Je crois qu'il est amoureux de toi.

Margot était affolée. L'amour ! C'était vraiment une affaire de l'avenir lointain, certainement pas du présent. Elle ne se sentait pas du tout concernée par les histoires d'amour. Certes, il y avait dans sa classe quelques filles qui ne faisaient que courir après les garçons et parler d'untel ou d'untel qui les regardait comme ceci ou comme cela, mais Margot ne s'était jamais jointe à ces poursuites loufoques.

En plus, elle n'aimait que les hommes barbus et il n'y avait personne dans sa sixième qui portait la barbe. Donc l'amour devait attendre. Peut-être en cinquième.

Arthur trouverait bien quelqu'un d'autre à aimer.

9

M. Maldonné se racla la gorge pour proclamer :

— Je viens de lancer un concours de poésie sur le thème de l'école en sixième 2. J'invite les meilleurs élèves de la sixième 6 à composer le jury du concours. Ceux qui ont plus de treize de moyenne sont convoqués jeudi prochain pour juger les poèmes et choisir le gagnant.

Margot était ravie. Juré d'un concours était une occupation idéale. Surtout, elle n'avait pas de poèmes à écrire, rien à faire, simplement à écouter.

Le lendemain, une fille qu'elle connaissait vaguement lui apporta un gâteau après la cantine.

— J'espère que tu aimeras mon poème.

D'autres furent moins subtiles :

— Tu as intérêt à voter pour moi.

Margot recueillit des cadeaux divers : un porte-clefs, un effaceur, un canard en plastique, en se demandant pourquoi on cherchait à lui faire plaisir.

Une amie lui recommanda de voter pour son cousin. Sa voisine la supplia de choisir le poème de sa meilleure amie. On l'assaillait de sourires et de prières silencieuses. Jean l'accusa :

— Achetée, va !

— Mais je voterai pour le meilleur poème, déclarat-elle. C'est tout.

*
* *

Le jeudi poétique arriva. Le premier récitant nasilla hâtivement

Le matin c'est la course
Culottes, chaussures, chaussettes
Je n'ai vraiment pas la force
Lait chaud, tartines chocolat-noisettes.
Ça y est, c'est l'amorce
Livres, cartables, pochettes
J'y vais comme un grand nounours
Jambe gauche, jambe droite à l'aveuglette.

Margot nota quinze sur vingt. Elle le trouvait intéressant mais mal récité.

L'élève est un gâteau dont voici la recette :
On y verse deux tasses de français
    trois tasses de maths
    une tasse de sciences nat
    une tasse de physique
    une demi-tasse d'histoire-géo
    quelques cuillères à soupe d'anglais
    une cuillère à café de sport

une pincée de musique
une pincée de dessin
On le remue et on le verse dans un moule beurré.
On le fait cuire à four moyen.
Quel étouffe-chrétien !

Margot inscrivit seize sur vingt. C'était bien, mais il ressemblait un peu trop à celui de Raymond Queneau.

Un défilé de cinq poèmes sans queue ni tête, sans rythme ni rime, sans sens et sans vie suivirent. Margot aurait aimé s'endormir mais elle se forçait à écouter chacun d'eux attentivement. Le cousin de son amie la réveilla avec un poème mis en musique qu'il chanta en jouant de la guitare.

Je bouge,
  bouge,
Eh oui, eh oui, eh oui
De classe
   en classe
      en classe
Et puis, et puis, et puis
Je vois rouge
   rouge,
      rouge
Je m'ennuie, nuie, nuie
Ça me tracasse
   casse,
      casse
Je m'enfouis la nuit dans mon lit.

Les paroles n'étaient pas géniales, mais il avait si bien chanté, avec tant d'accords et de tempo, que Margot fut très émue. Elle pensait que cette chanson pouvait devenir le tube de l'été : dix-huit sur vingt !

C'était difficile de succéder à cette prestation, et, manque de chance, c'était juste le tour de Sylvie. Mais Sylvie sut diriger les rimes de son cœur directement vers le cœur des auditeurs, avec la force de la simplicité. On sentait qu'elle croyait en ce qu'elle prononçait. Margot ne put faire autrement que de lui donner vingt sur vingt, même si elle trouvait son poème un peu pimbêche.

J'aime l'école.
Quel drôle d'oiseau
Vous me croyez folle ?
Non, je vais faire un tableau.

J'aime me lever le matin tôt
Et savoir ce que je vais faire
Chaque seconde est remplie de boulot
Chargé est mon horaire.

J'aime changer de professeurs
Toutes les cinquante minutes
Les cours sont très formateurs
Je sens que je débute.

L'école n'est pas une geôle
Je le crois de tout mon cœur
Elle a un grand rôle

L'école a tant de valeur
Êtes-vous preneurs ?

En réfléchissant, Margot changea sa note ; vingt sur vingt était trop. « Ce poème n'est pas réaliste. Il n'y a pas que des bons côtés à l'école. C'est pour ça qu'on a besoin de la réforme », médita-t-elle. Comme si on avait lu dans ses pensées, le poème suivant montrait l'autre face de la sixième.

La sixième de mes rêves
N'avait pas de murs
Ni de chaises dures
Ni de moisissure.

La sixième de mes rêves
N'avait pas de punitions
Ni d'interdictions
Ni de compétition

La sixième de mes rêves
Était pleine d'idées
Une énorme récré
De douces journées.

La sixième de mes rêves
Reste endormie
Presque dans l'oubli
D'un réveil trahi.

Margot aimait ce poème. Elle lui donna dix-huit sur vingt, mais elle commençait à avoir une indigestion de poésie, trop de rimes, trop de phrases courtes, trop de sirop.

Elle regarda tout autour de la classe. Les jurés donnaient l'impression de mourir d'ennui, et les auditeurs avaient l'air d'assister à un enterrement. Le prof ressemblait à un touriste assis dans un café au bord de la mer fixant d'un regard absent un point derrière l'horizon. Au lieu d'un verre de pastis, il tenait une collection de sucettes qui allaient servir de prix de poésie.

« Ça tombe bien, pensa Margot, des sucreries pour récompenser des sucreries. » Elle essaya d'imaginer le prof en train de lécher une sucette.

Il jouait au maître de cérémonie.

Quand il n'était pas perdu dans ses rêves au bord de la mer, il présentait les poètes. Il sauta presque de joie quand il arriva au dernier poète avant les délibérations du jury.

Est-ce que ce fut un hasard si ce dernier poème court emporta la préférence de Margot ? Laurent le lança comme une bombe. Il dévisagea le prof, puis le jury et récita :

Pourquoi, dites-moi
L'école a-t-elle existé ?
Ce n'était pas une bonne idée.
Car maintenant nous sommes des oies
Que l'on gave
Pour en faire quoi ? Quoi ? Quoi ?

Le prof fit une grimace amère mais le poème laissa l'auditoire songeur. M. Maldonné recommanda de faire attention au choix du gagnant :

— Rappelez-vous le ton, la forme et les mots.

Margot était sûre qu'il allait les persuader de choisir l'école qui s'envole de Sylvie, mais il resta discret sur son option personnelle.

Le débat était presque violent entre les défenseurs du poète chanteur et ceux de Sylvie avec sa bonne école. Margot était seule à plaider pour l'école des oies.

Philippe affirma :

— Il est super. La présentation avec la guitare était parfaite. C'est le seul qui ait lié la musique, la poésie et l'école.

— Mais tu as vu un peu les émotions de Sylvie : L'amour, le travail ?

Margot intervint timidement.

— J'aime le poème de Laurent parce qu'il soulève des questions importantes.

— Oui, mais poser des questions ne veut pas dire poème.

— Musique et guitare non plus !

— Au moins on ne s'est pas endormis. C'était le plus divertissant.

— Bon, d'accord, céda Margot.

C'était vrai. La guitare l'avait réveillée. Avec le vote de Margot le guitariste eut la majorité des voix.

Ce fut seulement bien après la remise des sucettes que Margot eut des remords. Elle craignait de s'être fait avoir par le numéro le plus tape-à-l'œil, et elle regrettait de ne pas avoir eu de meilleurs arguments pour défendre son choix. Sa réflexion l'amena à rédiger elle-même un poème :

Est-ce qu'on peut apprendre à parler à l'école ?
Peut-on nous enseigner comment nous défendre ?
Est-ce qu'on peut nous montrer où aller, à l'école ?
Peut-on nous expliquer le chemin ?
Comment éclairer le chemin ?
Est-ce qu'on peut nous faire connaître la vie, à l'école ?
Peut-on révéler ses secrets ?
Qu'est-ce que c'est la vie ? La guerre ?

L'école c'est la vie ! L'école c'est la guerre !
À l'école comme à l'école !

Margot rangea son poème dans son classeur de sixième.

10

— Il va y avoir une grève! jubila Jean.

— Super! cria Christian.

— Pas de classe demain! annonça Denise aux nouveaux arrivants.

— Chouette alors! Pourquoi?

— Les profs sont en grève.

— Pourquoi?

— Parce que y en a marre, dit Jean.

— Ils font tous grève? demanda Margot.

— Tous sauf anglais.

— Mais qu'est-ce qu'il a, à ne pas faire grève?

— Il n'est pas d'accord.

— Ben, nous, on n'a qu'à faire grève d'anglais. On ne va pas venir pour l'anglais au milieu de la journée, suggéra Margot.

— Bonne idée! Pour une fois! l'encouragea Jean.

— Et si on a des avertissements? avança Annick.

— Tant pis! dit Margot.

— Et si on allait tous au cinéma ensemble? proposa Jacques.

— Moi, mes parents ne voudront pas.

— Puis ça coûte cher.

— Oui, mais ça serait chouette.

— Vous n'avez pas d'économies ? s'enquit Denise.

— Moi, j'ai un compte en banque, annonça Dan. Je peux même retirer de l'argent et payer pour tout le monde.

— C'est vachement sympa, dit Margot. Voilà ce qu'on peut faire. On se donne rendez-vous ici devant le portail à dix heures. Apportez un pique-nique et tout l'argent que vous pouvez. On verra si on a assez pour tout le monde.

Ce fut un rassemblement réjouissant le lendemain à dix heures. Dan avait apporté des pizzas pour tout le monde. Denise produisit un gâteau géant. Jacques vint avec une bouteille d'orangeade. Arthur, lui, avait fait cuire des œufs durs parce que c'était tout ce qu'il avait trouvé à la maison. En plus il avait inscrit le nom de chacun sur chaque œuf. Ainsi tout le monde avait son œuf personnalisé.

— Où on va ? demanda Catherine.

— Suivez-moi ! dit Philippe. On prendra boulevard Mendès-France jusqu'à la mer, et on pourra pique-niquer sur la plage.

— On peut faire du lèche-vitrines, suggéra Danielle.

Devant une boutique de jeans, ils admirèrent tel ou tel modèle. Ils regardèrent les équipements de plongée sous-marine dans un magasin de sports. Ils envahirent une librairie pour feuilleter des bandes dessinées. Ils parcoururent un grand magasin rayon après rayon. Dan était fasciné par la lingerie de dame. C'était la première fois qu'il voyait une telle collection de culottes et de soutiens-gorge.

Danielle et Annick élurent leurs couleurs préférées de rouge à lèvres, vernis à ongles et ombres à paupières. Margot décida du service à vaisselle qu'elle aurait quand elle se marierait. Arthur essayait des imperméables.

— Qu'est-ce que tu en penses ? demanda-t-il à Margot.

— Tu ressembles à Colombo.

Arthur était ravi.

La sixième 6 débarqua à la plage vers midi et demi. Dan commença immédiatement à distribuer les pizzas aux amis assis devant la mer. Il faisait chaud au soleil de midi. Danielle enleva son pull. D'autres suivirent son exemple. Philippe jeta des galets dans la mer. Margot s'étendit pour bronzer.

Ils formèrent un cercle pour partager leur festin. Arthur offrit les œufs aux destinataires comme si c'étaient des œufs en or. Catherine fit passer son énorme sac de chips. Ils buvaient à tour de rôle quelques gorgées d'orangeade.

Quand la bouteille fut vide, Dan la plaça au milieu du cercle. Il annonça :

– Je vais vous apprendre un jeu américain : *Spin the bottle*. On fait tourner une bouteille et celui qui la fait tourner embrasse la personne que le goulot désigne. Comme ceci.

Dan fit tourner la bouteille qui s'arrêta en direction de Denise. Les petits rires devinrent des fous rires quand Dan fit claquer, avec enthousiasme et bravoure, deux bises sur les joues de Denise.

– Maintenant c'est à toi de faire tourner la bouteille.

Denise donna un bon coup et la bouteille pointa Margot. Les deux filles se donnèrent des baisers qui au lieu d'atterrir sur les visages se perdirent en l'air.

Margot prit la bouteille fatale et la fit tourner. Elle désigna Jean qui devint instantanément rouge foncé. Jean s'enfuit du cercle en criant :

– Ah non ! Ça non ! Jamais de la vie ! Je ne joue pas, c'est idiot, ton jeu !

Margot fit tourner la bouteille de nouveau. Cette fois le goulot désigna Arthur qui se leva sur-le-champ et courut vers Margot. Il entoura Margot de ses bras et planta un énorme baiser grave et mouillé sur son front.

Margot fut obligée de reconnaître :

– Ce n'est pas si mal, ce jeu !

Personne ne voulait s'arrêter de jouer, mais ils rôtissaient au soleil. Christian enleva ses chaussures et ses chaussettes pour mettre ses pieds dans l'eau mais une vague mouilla son pantalon, alors il l'enleva. Jacques fit pareil. Denise aussi avait envie de se mettre à l'eau. Timidement, elle se débarrassa de son pantalon. Un à un, les garçons et les filles de la sixième 6 libéraient leurs jambes de leurs pantalons et partaient dans l'eau jusqu'aux cuisses.

« Heureusement que je n'ai pas ma culotte trouée sans élastique », pensa Margot.

— Essayez d'imaginer tous nos profs en grève, réunis dans une salle de classe, entièrement nus ! dit Jacques.

— Tu penses que l'école serait différente si tout le monde y allait nu ? demanda Denise.

— Je crois qu'on aurait froid !

— Peut-être que les profs seraient un peu plus humains avec leur zizi ou leurs nichons à l'air.

Margot attrapa un fou rire à cette idée. Ses amis l'imitèrent.

*
* *

— On va au cinéma ? dit Pierre comme s'il avait eu l'idée lui-même.

— Je ne crois pas qu'on ait assez d'argent. Comptons.

Jacques comptait l'argent. Il n'y avait pas assez pour vingt-quatre places de cinéma.

— Allons-y quand même, on regardera les affiches, dit Pierre.

– Peut-être qu'ils nous feront un prix? avança Margot.

– Tu es dingue ou quoi? s'exclama Jean. Le prix, c'est le prix.

Il y avait douze salles de cinéma place Garibaldi. Les enfants regardèrent les affiches et firent leur choix. Il n'y avait presque pas de queue, et la caissière semblait s'ennuyer royalement, comme si elle se trouvait devant un prof et un tableau noir en classe.

Un client approcha:

– Une place pour la salle 4.

– On ne fait pas tourner la 4 parce qu'il n'y a personne, dit la caissière.

– Maintenant il y a moi!

– On ne peut pas la faire marcher pour une personne. Il en faut au moins trois.

Le spectateur était furieux. Il tenait son journal à la main.

– Je veux parler au directeur! Je me suis déplacé parce que le film est annoncé dans le journal. C'est de la publicité mensongère.

La caissière appela le gérant, qui s'excusait auprès du client quand il remarqua la bande d'enfants. Il eut une inspiration.

– Qu'est-ce que vous faites là, les enfants?

Margot expliqua:

– On aurait voulu voir un film mais nous n'avons pas assez d'argent.

— Avez-vous assez pour deux places ?

— Oui !

— Alors achetez deux billets, et je vous fais tous entrer dans la 4.

— Oh, merci, monsieur !

Les formalités accomplies, la sixième 6 entra silencieusement dans la salle 4 se régaler pendant quatre-vingt-quinze minutes avec un merveilleux film mis en scène par un Italien, Federico Fellini.

— C'était super ! décréta Denise.

— Moi, ce que j'aimais, c'est quand ils faisaient le concours de qui chante le plus longtemps dans la chaufferie du bateau.

— Moi j'ai surtout aimé le rhinocéros, déclara Arthur.

Ils firent le tour de leurs moments préférés du film en retournant chez eux. Jacques essaya d'imiter un chanteur d'opéra. Arthur essaya d'imiter le rhinocéros.

— Si seulement tous les jours pouvaient être des jours de grève, on apprendrait beaucoup, pensa Margot.

— Au revoir, dit Margot à Arthur.

— Tu crois que si j'apporte une bouteille vide à l'école demain, nous pourrons jouer dans la cour ? lui demanda Arthur, rêveur.

— On peut toujours essayer ! proclama Margot enthousiasmée par cette idée géniale.

11

L'attente du dernier conseil de classe était chargée d'appréhension. Margot revoyait son beau rêve où tous les élèves de sixième 6 passaient avec félicitations, en bloc solidaire. Elle savait que, même pour elle, les félicitations étaient sans doute tombées à l'eau. Elle avait peu travaillé ce dernier trimestre, sans zèle, ni ardeur. Néanmoins les profs continuaient à lui donner des notes respectables, comme s'ils avaient pris le pli. Parfois il lui semblait qu'ils ne lisaient plus son travail, car elle était sûre de mériter moins. Mais elle se sentit quand même furieuse quand le prof de maths, après lui avoir tiré les oreilles, lui mit dix sur vingt pour une petite faute de rien.

*
* *

— Tu les auras, tes félicitations, l'assura Annick.
— Pas sûr, mais je m'en fiche.
Chaque jour, elle remplissait son cartable de livres d'école, mais son cœur s'était vidé d'enthousiasme.

Elle avait honte de l'avouer, mais l'école l'emballait de moins en moins.

Elle pensait aux enfants qui allaient à l'école sous les bombes, ou aux autres qui n'y avaient pas droit parce qu'ils avaient une couleur de peau différente, ou qu'ils étaient trop pauvres, et sa honte grandissait. Elle avait accès à l'école, jour après jour, sous un ciel bleu et libre et « j'ai le culot d'appeler ça une prison ».

Margot ne se sentait pas particulièrement libre sous le poids de son cartable. Quelqu'un l'avait informée de ce que les enfants en France avaient un taux élevé de scolioses de la colonne vertébrale à cause des cartables écrasants.

En classe de français, M. Maldonné était en train d'annoncer le résultat de son jeu de fiches de lectures facultatives. Au milieu de l'année, il les avait invités à remplir une fiche pour chaque livre qu'ils lisaient, sauf les bandes dessinées. À l'époque, les élèves firent une chasse aux livres déchaînée. M. Maldonné avait fourni une liste de livres longs et pénibles comme *Moby Dick*, *Les grandes espérances*, etc. Mais eux, ils étaient tous à la recherche de l'oiseau rare : un livre court. Plus il y aurait de livres courts et vite lus, plus il y aurait de fiches. Dès qu'on entendait parler d'un tel mini-livre ou d'un livre nain, c'était la ruée vers l'or. L'or c'était l'économie de mots, de phrases et de pages.

Le trafic de volumes poids plume dura une

semaine – le temps d'une ou deux fiches de lecture. Après quoi, le jeu de fiches tomba dans l'oubli. Quand M. Maldonné réclama les fiches à la fin de l'année, seulement trois élèves en avaient plus de cinq. Margot en faisait partie avec le modeste record de douze fiches.

Il annonça les gagnants. Margot, Esther et Christian, en les félicitant et en vantant les mérites de la lecture. Ces trois bienheureux bénis du ciel avaient remporté le prix du jeu des fiches.

– Oh, la chouchou… lui chuchota Jean.

Pour la deuxième fois Margot se dit :

– Je m'en fiche des fiches.

Néanmoins elle était curieuse de connaître le prix. Et puis elle pensa que ce prix serait une consolation si elle n'avait pas les félicitations.

M. Maldonné était visiblement ravi de son idée de prix, mais avait dû oublier celui-ci au marché aux puces ou autre lieu d'achat de prix. Peut-être se trouvait-il dans sa poche : un bijou, un stylo, un livre miniature ? Margot avait mille bonnes idées de prix.

Il se leva, ordonna aux trois rois de la lecture d'avancer vers lui et annonça majestueusement :

– Euh, voilà ! Voyez-vous, cette année, n'est-ce pas ! Euh… j'invite les trois lauréats, n'est-ce pas, à un goûter chez…

Il s'arrêta faisant monter le suspense. Silence dans la salle. Le cœur de Margot faisait boum bada boum en imaginant les endroits superbes de sa ville où l'on pouvait goûter : Le Château des glaces, La Rotonde, Le Temple des délices. Pendant une seconde elle se dit : « La lecture sert à quelque chose. » Elle se voyait en train de déguster toute seule à une grande table, habillée de son meilleur jean, servie par une douzaine de garçons, des gâteaux de toutes les couleurs et des glaces couvertes de chocolat chaud, quand M. Maldonné, éclatant de spontanéité et de joie, s'écria :

— ... à un goûter... chez *moi*.

— Le pied ! murmura Margot amèrement.

Les autres échangeaient des regards perplexes comme s'ils ne savaient pas s'il fallait être contents ou pas.

Après le cours, Catherine regarda Margot en soupirant :

— J'aimerais bien aller chez le prof moi aussi voir comment c'est chez lui. Quand est-ce que tu vas y aller ?

— Il n'a pas encore fixé la date. Il nous a dit qu'on verrait ça après le conseil. Tu sais, je ne trouve pas ça super. Ce serait chouette si on y allait tous ensemble, mais moi, avec cette pimbêche d'Esther, Christian et M. Maldonné, ça ne vaut pas Le Château des glaces.

— Oui, mais j'aimerais quand même y aller.

— Moi aussi ! dit Annick, pour voir le tête de sa femme.

— Moi j'aimerais voir son immeuble.

*
* *

Le lendemain, M. Maldonné est arrivé en classe avec trois bâtonnets de glace. Il en a remis un à chacun des trois lecteurs champions en marmonnant d'un ton gêné :

– Voilà, je ne vais pas pouvoir vous inviter chez moi en ce moment. On fait des travaux. Alors je vous offre un petit goûter quand même.

Margot n'avait pas tellement envie de manger un esquimau à huit heures du matin, mais la glace coulait, alors elle fut bien obligée de le faire avant que ça ne dégouline partout. Ce n'était pas exquis, mais elle était heureuse de se débarrasser de cette histoire de prix, de fiches, d'invitation et de cette glace comme petit déjeuner.

*
* *

Le conseil eut lieu dans la salle de français, ce qui était déjà de mauvais augure. Les professeurs avaient des mines de plomb, et Margot pressentit un orage.

M. Gili ne fit pas de discours d'introduction. Il ouvrit simplement le conseil en disant :

– On va procéder par ordre alphabétique et discuter au cas par cas.

Margot était soulagée de ne pas entendre de nouveau qu'ils étaient nuls, bêtes et pas au niveau.

Sa consternation ne prit pourtant pas de vacances

ce jour-là. Sur les vingt-quatre élèves de la sixième 6, huit élèves, de l'avis des profs, devaient redoubler. Les seize autres pouvaient affronter la cinquième. Deux élèves eurent les félicitations : les deux délégués, donc Margot.

*
* *

Elle sortit en proie à des sentiments mélangés ; contente pour elle, malheureuse pour les huit redoublants potentiels, parmi lesquels Camille, Danielle et Philippe. Avant d'arriver chez elle, elle décida pourtant qu'ils n'avaient qu'à travailler. La perspective d'entrer en cinquième ne lui fit ni chaud ni froid.

Après le conseil, l'école avait encore moins d'attrait. Sur les huit redoublements proposés, six parents le refusèrent. Les heures traînaient avec de piètres semblants de cours. Personne n'y croyait plus, ni les profs ni les élèves. Margot essayait de meubler ses dernières heures avec quelques inventions de loisirs à l'école : penser aux garçons de la classe – lesquels aimerait-elle embrasser ? – rêver aux vacances, rêver tout court, écrire des lettres à des écrivains et à des vedettes, bavarder avec Denise, passer des mots, faire des grimaces derrière le dos du prof, faire des listes, des nouveaux alphabets et créer des menus extravagants pour des pique-niques futurs.

Dans quelques jours ils allaient rendre les livres. C'était la libération !

Margot aimait particulièrement son cours d'histoire-géo. Elle proposa à Annick de composer une lettre de remerciement à la prof. Elles s'assirent par terre dans un coin de la cour. Absorbées par cette tâche agréable, elles ne virent pas qu'Arthur les observait attentivement pendant l'élaboration de la missive.

Elles firent allusion à l'intérêt pour l'histoire que le cours avait suscité et à la généreuse façon de noter les élèves. Elles évoquèrent des détails relevés dans les archives de l'histoire du monde que la prof avait pris la peine de souligner et la remercièrent pour l'énergie qu'elle avait consacrée à son cours.

Annick ferma l'enveloppe et écrivit : « *Madame Luron* ».

Elle garda la lettre dans sa main. Arthur s'approcha :

— Qu'est-ce que vous avez écrit là-dedans ?

— Ben, ce ne sont royalement pas tes oignons ! répondit Annick.

— De quoi je me mêle ? demanda Margot.

— Vas-y. Raconte-moi ! ronronna Arthur.

— Pas question !

— S'il vous plaît...

— Non !

— Si vous me faites voir, je vous donne ma boussole.

— On n'a pas la moindre envie de ta boussole.

— Alors, je te donne mon stylo à cartouche.

— Nous n'avons plus besoin de stylo.

Arthur paniqua. Il ne savait pas pourquoi, mais il avait absolument besoin de voir cette lettre. Il pensait qu'elle contenait des remarques désagréables sur lui.

— Je vous donne ma montre !

— Mais tu es fou, Arthur ! Enfin qui diable veut de ta montre ?

Alors Arthur saisit la poignée du cartable de Margot et le prit en otage.

— Rends-moi mon cartable !

— Fais-moi voir ta lettre !

— Sois pas idiot !

— Qu'est-ce que tu as écrit ?

— Qu'est-ce qui te prend, Arthur ?

— Je veux la voir !

— Ça ne te regarde pas !

— Alors va te faire cuire un œuf !

Margot essaya de reprendre l'otage par la force, mais Arthur s'enfuit avec un cartable qui pendouillait à chaque bras.

— C'est pas comme ça qu'on te montrera la lettre. Rends-moi le cartable.

Arthur ouvrit l'otage et sortit le classeur de français. Il enleva les pages.

Margot, horrifiée, cria :

— Arrête, Arthur !

Il jeta une page dans le vent. Margot la rattrapa. Il lança une autre page et puis une autre en accélérant jusqu'à créer une nuée de pages de français qui s'envolaient et flottaient dans l'air avant d'atterrir aux quatre coins de la cour.

Tout le monde se précipita sur les feuillets du classeur. Certains s'arrêtaient pour lire une rédaction, un poème. D'autres refaisaient voler les pages, et il neigeait de la grammaire sur le CES du Parc des Grands Pins. Quelques amis de Margot ramassaient les pages précieuses et les lui rapportaient.

— Arrête, Arthur.

— Montre-moi la lettre.

Arthur lâcha une par une les fiches minutieusement remplies d'anglais. Au vent : *Boy, girl, man, woman, mother, father, sister, brother.* Au vent : *black, blue, red, yellow, orange, green, white.* Au vent : *One, two, three, four, five, six, seven, eight, nine.*

Il enchaîna avec le cahier d'histoire. Toutes les dynasties, les royaumes, les dictatures, les républiques planaient au-dessus des têtes des élèves dans la cour.

Les sciences nat accompagnaient la littérature, les langues, l'histoire, les maths dans leur envol vers l'inconnu. « Où va ma culture ? » pensa Margot qui regardait la débâcle avec désespoir, impuissance et fureur, comme si sa vie et son savoir lui échappaient emportés par un aspirateur invisible.

D'un coup, sans avertissement, des gouttes d'eau se mêlèrent à la pluie des pages. Les feuilles blanches à grands carreaux furent trempées, piétinées, abandonnées. Si l'idée de céder au terrorisme d'Arthur vint à l'esprit de Margot, elle ne recula pas.

Cependant Arthur était calmé. Il garda le cartable presque vide sur ses genoux et resta assis sur un banc. Margot prit la lettre des mains d'Annick et alla s'asseoir à côté d'Arthur.

Tout était perdu. Elle tenait quelques feuillets isolés mais sans contexte et sans structure. Les témoins de son année de sixième étaient étalés comme des cadavres sur un champ de bataille. Morts et presque enterrés. Des larmes de rage séchaient sur ses joues. La pluie s'arrêta aussi brusquement qu'elle avait démarré. Puisqu'il n'y avait plus rien à faire, elle ne fit rien.

Elle décolla simplement l'enveloppe, déplia la lettre et lut à Arthur :

Chère Madame Luron,

Nous avons envie de vous écrire en cette fin d'année au nom des élèves de la sixième 6 pour vous dire combien votre cours d'histoire nous a intéressés. Nous trouvons aussi que vos notes sont généreuses et justes. Vous êtes la seule prof qui ne nous juge pas complètement nuls, et nous pensons la même chose de vous. Merci pour les renseignements utiles sur l'Égypte antique, l'ancien Israël, la Mésopotamie, Rome et le reste. Merci pour la façon vivante de présenter les civilisations. Merci pour tout !

Annick et Margot

Arthur écouta sans bouger, le cartable posé sagement sur ses genoux. La voix tremblante d'émotion de Margot le secoua. Il remit les classeurs vides dans le cartable vidé de son âme et le rendit à Margot. Puis il lui donna aussi le sien. Après il se leva et courut vers la grille ouverte de la cour. Il franchit le seuil de l'école et continua à courir vers le bout du monde.

Margot souleva son cartable et se dit : « Au moins, c'est léger maintenant. » La catastrophe qu'elle venait de vivre la marquerait sans doute pendant longtemps, mais c'était déjà en train de se transformer en une belle image de pages blanches dansant au-dessus de ces têtes qui contiennent chacune une petite graine de folie Certaines graines poussent et éclatent. D'autres ne donnent jamais de fruits.

Un des derniers jours de la sixième baissa son rideau.